www.ingramcontent.com/pod-product-compliance
Lightning Source LLC
LaVergne TN
LVHW021223080526
838199LV00089B/5815
9789358728354

کھوٹا سکہ

(افسانے)

مسرور جہاں

© Masroor Jahan

Khota Sikka *(Short Stories)*
by: Masroor Jahan
Edition: October '2024
Publisher :
Taemeer Publications LLC (Michigan, USA / Hyderabad, India)

ISBN 978-93-5872-835-4
9 789358 728354

مصنفہ یاناشر کی پیشگی اجازت کے بغیر اس کتاب کا کوئی بھی حصہ کسی بھی شکل میں بشمول ویب سائٹ پر اَپ لوڈنگ کے لیے استعمال نہ کیا جائے۔ نیز اس کتاب پر کسی بھی قسم کے تنازع کو نمٹانے کا اختیار صرف حیدرآباد (تلنگانہ) کی عدلیہ کو ہو گا۔

© مسرور جہاں

کتاب	:	**کھوٹا سکہ** (افسانے)
مصنفہ	:	**مسرور جہاں**
صنف	:	فکشن
ناشر	:	تعمیر پبلی کیشنز (حیدرآباد، انڈیا)
سالِ اشاعت	:	۲۰۲۴ء
صفحات	:	۱۲۲
سرورق ڈیزائن	:	تعمیر ویب ڈیزائن

فہرست

(۱)	مول انمول	6
(۲)	برا آدمی	15
(۳)	موری کی اینٹ	22
(۴)	پچھتر برس کی ایک لڑکی	34
(۵)	مصلوب	48
(۶)	ایک آگ کا دریا ہے----	61
(۷)	سوئیٹ ہوم	69
(۸)	تلاش بہاراں	79
(۹)	شناسائی	84
(۱۰)	فرشتہ	89
(۱۱)	قد آور ہونے	98
(۱۲)	پیچ	105
(۱۳)	کھوٹا سکہ	111

مول انمول

رینو آفس سے اٹھی تو گھر جانے کو اس کا دل نہ چاہا۔ اور انجانے میں ہی اس کی کار کا رخ ساحل سمندر کی طرف ہو گیا۔ ویسے بھی گھر میں اس کی دلچسپی کا کوئی سامان نہیں تھا۔ بس کھانستی کھنکھارتی آیا ماں تھی۔ جس کی گود میں پل کر وہ جوان ہوئی تھی۔ اور آیا ماں کو اب بھی یہ احساس نہیں تھا کہ وہ بڑی ہو گئی ہے۔ وہ ہر دم اس کے کھانے پینے اور آرام کی فکر میں ہلکان رہتی تھی —— یا پھر ہفتے میں دو بار اس سے شادی کا تقاضہ کر دیتی تھی —— اس سے زیادہ وہ بے چاری کر بھی کیا سکتی تھی —— نہ تو وہ اس کے دل سے ماضی کی تکلیف دہ یادیں کھرچ سکتی تھی۔ نہ ہی اس کے احساسات کا تجزیہ کر سکتی تھی۔ اسے کیا پتہ کہ وہ اپنے دل کے گھاؤ چھپائے کس کرب سے گزر رہی ہے؟——

ساگر نے بڑی بے رحمی سے اسے بیچ منجھدھار میں چھوڑ دیا تھا —— یہ بھی اچھا ہوا کہ کسی بندھن میں بندھنے سے پہلے ہی اس کی اصلیت ظاہر ہو گئی اگر بیاہ کے بعد اس کی ہرجائی طبیعت کے جوہر کھلتے تو وہ کیا کرتی؟ کم از کم اب اتنا تو تھا کہ وہ زندگی کے معمولات پر عمل کر رہی تھی۔ کسی روبوٹ کی مانند وہ مقررہ وقت پر آفس جاتی —— سارا دن فائلوں میں سر کھپاتی —— اور شام کو گھر آ کر آرام کرتی —— وقت گزاری کے لئے میگزین اور وی سی آر کا سہارا بھی غنیمت تھا —— اس کی کوئی سہیلی بھی نہیں تھی —— جس سے دل کا حال کہہ کر چند آنسو بہا لیتی —— بس اندر ہی اندر گھٹتی رہتی —— اس کے ماتا پتا تو جب وہ چھوٹی سی تھی ایک حادثے میں ختم ہو گئے تھے —— موسی نے اس کی پرورش کی تھی —— اور اس کے بیاہ کا ارمان دل میں

لیے چتا پر جا سوئی—

ساگر سے اس کی ملاقات ایک آرٹ گیلری میں ہوئی تھی۔ جہاں ساگر کے فن پاروں کی نمائش چل رہی تھی—اور پھر اس کے بعد دونوں کی ملاقاتیں بڑھنے لگیں۔ ساگر غریب تھا— لیکن اس کے حوصلے بلند تھے—اگر پیٹ میں روٹی نہ ہو تو آرٹسٹ کا تخیل بھاپ بن کر اڑ جاتا ہے۔ اس نے اپنے تین کمروں کے خوبصورت مکان کے ایک کمرے کو نگار خانہ بنا دیا۔ اور ایزل برش رنگ اور کینوس کے علاوہ اسے ہر وہ سہولت بھی دی جو ایک نازک مزاج اور حساس فنکار کے لیے ضروری ہوتی ہے۔ رینو نے اس کا سارا خرچ خود برداشت کیا۔ تاکہ ساگر پر غمِ دوراں کی پرچھائیں نہ پڑے—اور اس کے اندر کے فنکار کی تمام صلاحیتیں اُجاگر ہو جائیں— وہ اسے ایک کامیاب فنکار دیکھنا چاہتی تھی—اس کی ملازمت—ان دونوں کے اخراجات کے لیے کافی تھی— یہی نہیں اس نے کئی جگہ مشہور آرٹ گیلریز میں اس کے فن پاروں کی نمائش کا بھی اہتمام کیا۔ لیکن ساگر کی منزل اس کے مکان کا کمرہ یا ملک کی آرٹ گیلریز نہیں تھیں۔ اس کی منزل تو پیرس تھی فرانس کا وہ خوبصورت شہر جو اپنی رعنائیوں کے لیے مشہور تھا—اور جہاں کے آرٹ اسکول کسی بھی فنکار کو پستیوں اور گمنامیوں سے نکال کر شہرت کے اُفق پر پہنچا دیتے تھے۔ لیکن رینو ساگر کی یہ خواہش پوری نہ کر سکی۔ اور نیلم ساہنی کے لیے یہ کوئی مسئلہ نہیں تھا— وہ زیادہ تر بیرونِ ممالک میں اپنا وقت گزارتی تھی۔ اس نے ساگر کے خوابوں میں رنگ بھرنے کا وعدہ کیا اور ایک دن دونوں نے شادی کر لی اور ساگر— نیلم ساہنی کے ہاتھوں میں ہاتھ دیئے پیرس اُڑ گیا— کیا ہوا—؟ جو وہ اس سے عمر میں دس سال بڑی تھی۔ یا حسین نہیں تھی—اس کی بے پناہ دولت تو جوان اور حسین تھی—

رینو نہ جانے کب تک اپنے خیالوں میں گم سمندر کے کنارے بنی ہوئی دیوار پر بیٹھی شوریدہ سر موجوں کے سر پھوڑنے کا تماشہ دیکھتی رہی۔ وہ تو اپنے آس پاس گھومنے پھرنے والے خوش باش جوڑوں اور ریت پر دوڑتے بھاگتے بچوں سے بھی بے خبر تھی— اور وہ اس سے تھوڑے فاصلے پر دیوار سے ٹیک لگائے کھڑا تھا اور اس کی محویت کو پُر شوق

نظروں سے دیکھ رہا تھا— شاید یہ اس کی گرم نظروں کی حِدّت ہی تھی جو اسے چونکانے کا سبب بنی تھی اس نے دُزدیدہ نظروں سے اسے دیکھا اور جھینپ سی گئی۔

وہ کوئی دل پھینک یا آوارہ قسم کا نوجوان نہیں تھا— بلکہ تیس بتّیس برس کا میچیور مرد تھا۔ اس کی خوش لباسی اس کے نفیس ذوق کی مظہر تھی۔ آنکھوں پر سنہری فریم کا قیمتی چشمہ تھا۔ اور سنجیدگی اس کے بشرے سے نمایاں تھی— اس نے رخ موڑ کر کچھ دور کھیلتے ہوئے بچوں پر نظریں مرکوز کر دیں— ایک لڑکا سات آٹھ برس کا ہوگا اور بچّی پانچ برس کی۔ دونوں ریت کے گھروندے بنا رہے تھے— اچانک بچّی نے ہاتھ مار کر گھروندہ توڑ دیا۔ اور بھاگ کھڑی ہوئی اور نہ جانے کس کے دھوکے میں اس سے آکر لپٹ گئی۔ لڑکا اس کے پیچھے ہی بھاگا تھا— اور اب اس کے سرِ پر پہنچ گیا تھا—

''آنٹی! دیکھیں نا۔ بِکّو ہمیں مار رہا ہے''

بچّی نے اس کی ساڑی پکڑ کر فریاد کی—

''آنٹی! رِمی نے میرا گھروندہ توڑ ڈالا— وہ دیکھئے۔'' لڑکے نے ٹوٹے ہوئے گھروندے کی طرف اشارہ کیا وہ دیوار سے نیچے اُتر آئی۔ اور دونوں بچّوں کو لپٹا کر بولی۔

''چلو ہم لوگ مل کر گھروندہ بنائیں گے۔''

—— اور پھر وہ بچوں کے ساتھ بڑے انہماک کے ساتھ گھروندہ بنانے لگی۔ بھُر بھُری نم ریت بار بار بکھر جاتی تھی— اور گھروندہ ٹوٹ جاتا— بڑی مشکل سے دو گھروندے بن پائے۔ رینو نے اپنے ہاتھوں سے ریت کے ذرّے جھاڑے۔ ہنس کر کہنے لگی—

''لو بھئی— دونوں کے گھروندے بن گئے۔ اب لڑائی مت کرنا۔۔۔۔

ہاں— کیا تم یہاں اکیلے ہی آئے ہو؟''—

''آنٹی— ہمارے ڈیڈی ساتھ آئے ہیں۔ وہ دیکھئے۔ ڈیڈی آگئے۔'' بِکّو نے اشارہ کیا۔ اس کی نظر اُٹھی۔ تو اُٹھی ہی رہ گئی۔ وہ تو اسے تقریباً فراموش ہی کر چکی تھی—

لیکن وہ ان بچوں کے ڈیڈی نکلے۔ قریب آکر انہوں نے بچوں کو آئس کریم کے

کپ پکڑائے، اور پھر ایک کپ اس کی طرف بڑھا کر شائستگی سے بولے۔

''پلیز — آپ بھی لیں''

''جی میں — بچوں کو دیں نا'' — وہ سٹپٹا گئی۔

''کیا حرج ہے۔ میں بھی تو کھا رہا ہوں''

''شکریہ'' اس نے کپ تھام لیا — اور لکڑی کے چھوٹے سے چپٹے چمچے سے آئس کریم کھانے لگی —

''میں تو بڑی دیر سے آپ کے قریب ہی کھڑا تھا۔ آپ نہ جانے کن خیالوں میں گم تھیں۔ اس لئے تعارف حاصل کرنے کی جسارت نہ کر سکا'' —

وہ چپ رہی — بھلا اس بات کا کیا جواب دیتی۔

بچے آئس کریم کھا کر پھر اپنے کھیل میں مشغول ہو گئے تھے۔ اور وہ دیوار سے ٹیک لگائے کھڑی تھی۔ دورانِ گفتگو دونوں ایک دوسرے کے نام سے واقف ہو چکے تھے۔ اس سے زیادہ کی ضرورت بھی نہیں تھی — پھر اس نے بچوں کو آواز دے لی۔ اور وہ ساتھ ساتھ پارکنگ تک آئے۔

''آنٹی — ہمارے گھر آیئے گا نا؟ —

رِمپی نے اس کی ساڑی کا پلو پکڑ کر پیار سے کہا —

''ہاں بیٹے — ضرور آئیں گے — آپ بھی اپنی ممی کے ساتھ ہمارے گھر آیئے گا'' —

اس کی بات پر بچوں نے منہ اٹھا کر اپنے ڈیڈی کو سوالیہ نظروں سے دیکھا۔ ان کے لبوں پر بڑی تلخ مسکراہٹ تھی۔ شاید انہیں اپنا نظر انداز کیا جانا ناگوار گزرا تھا۔ لیکن رینو نے اس پر دھیان نہیں دیا۔ وہ ایک محتاط زندگی گزار رہی تھی۔ اور اس کی زندگی میں کسی راہ چلتے مرد کے لئے کوئی جگہ نہیں تھی۔ حالانکہ وہ انتہائی بردبار، شریف اور متین انسان نظر آرہا تھا۔ لیکن بہر حال وہ بھی ایک مرد ہی تھا۔ پھر نہ جانے کیا سوچ کر اس نے پرس سے اپنا کارڈ نکال کر اس کی طرف بڑھا دیا اور آہستہ سے بولی۔

''مسٹر سندیپ چودھری — اگر کبھی بچّے آنا چاہیں تو آپ انہیں ضرور بھیجیں — مجھے خوشی ہوگی — ''

سندیپ چودھری نے کارڈ تھام لیا۔ اس نے بچّوں کو پیار کیا۔ اور اسے سلام کر کے اپنی گاڑی اسٹارٹ کر دی وہ بھی اپنی گاڑی پارکنگ سے نکال رہے تھے۔

''کیا میں نے غلط کیا؟'' — اس نے خود سے سوال کیا

''اگر بچوں اور اس کی ماں کے بجائے وہ خود چلا آیا؟'' — اس عمر کے لوگ نوجوانوں کی نسبت کچھ زیادہ ہی بدمعاش ہوتے ہیں'' — لیکن پھر اسے لفظ بدمعاش اچھا نہیں لگا۔ کم از کم اتنا گندہ لفظ اس کی شخصیت سے ذرا بھی میل نہیں کھاتا تھا — اس کا جیسا نفیس انسان ایسے خطابوں کے لائق نہیں تھا۔

شام کے وقت وہ حسبِ معمول اپنے لان میں بیٹھی چائے پی رہی تھی۔ اچانک گیٹ کے اندر ایک گاڑی داخل ہوئی اور رمپی اور رکنو بھاگ کر اس کے پاس آگئے۔ ان کے پیچھے سندیپ چودھری بھی مسکراتے ہوئے آ رہے تھے۔ اس نے بچوں کو لپٹا کر پیار کیا اور سندیپ کو کرسی پیش کی۔ ''ان دونوں نے کئی دن سے رَٹ رکھی تھی کہ آنٹی کے پاس جائیں گے'' — سندیپ نے آہستہ سے کہا —

''میں بھی انہیں یاد کر رہی تھی'' —

اسے خود اپنے جھوٹ پر ندامت محسوس ہوئی۔ لیکن اخلاقاً کچھ نہ کچھ تو کہنا ہی تھا —

''چلیے ہم لوگ اندر چلیں اب تو اندھیرا ہو گیا ہے'' —

وہ انہیں ڈرائنگ روم میں لے آئی۔ اور آیا ماں سے چائے لانے کے لئے کہا۔ بچوں کے لئے ڈھیر ساری چیزیں اس نے درمیان میز پر لا کے سجا دیں۔ اور ان کی خاطر مدارات کرنے لگی۔ سندیپ چودھری نے ڈرائنگ رُوم کا سرسری جائزہ لیا۔ لان سے یہاں تک ہر گوشے سے مکینوں کے اعلیٰ ذوق کا پَرتو جھانک رہا تھا۔ لیکن ہر طرف سناٹے کی حکمرانی تھی — اور سوائے آیا ماں کی کھٹ پٹ کے اور کوئی آواز نہیں تھی — اور نہ جانے

کیسے رینو نے ان کی سوچ کا سرا تھام لیا—

آہستہ سے بولی—

"یہاں میں آیا ماں کے ساتھ رہتی ہوں۔ ماتا پتا کا میرے بچپن میں ہی ایک حادثے میں دیہانت ہو گیا تھا"—

"ویری سیڈ"— سندیپ نے اتنا ہی کہا۔

"آپ آج بھی اپنی پتنی کو ساتھ نہیں لائے؟"—

اس سوال میں شکوہ بھی تھا۔ اور ایک طرح کی تنبیہہ بھی کہ اب آپ جب بھی آئیں تنہا نہ آئیں۔ سندیپ نے کھلے دروازے سے باہر لان میں کھلے سُرخ گلابوں پر نظریں مرکوز کر دیں۔ لیکن خود اس کی آنکھوں میں گلابوں کے رنگ کی جگہ دکھ کی پرچھائیاں تھیں۔

"شوبھا کئی سال پہلے میرے جیون سے دور جا چکی ہے۔

شاید مجھ میں ہی کوئی کمی تھی—"

سندیپ کی آواز کہیں دور سے آتی معلوم ہوئی—"

"—اور یہ بچے—؟"—

"یہ تنہا میری ذمے داری ہیں۔ جسے میں کوشش بھر نبھا رہا ہوں۔"

اب کہنے سننے کو کیا رہ گیا تھا— وہ تو ان سے اظہار ہمدردی بھی نہ کر سکی۔ اور پھر انہوں نے آپس میں کوئی بات نہیں کی۔ وہ بچوں ہی سے باتیں کرتی رہی۔ اور سندیپ خاموشی سے ان کی باتیں سنتے رہے۔ پھر گھڑی دیکھ کر انہوں نے اس سے جانے کی اجازت مانگی۔ بچے تو ابھی جانا نہیں چاہتے تھے۔

گھر میں ان کے لئے کیا دلچسپی تھی— وہ جانتے تھے کہ ڈیڈی اپنے بیڈ روم میں بند ہو کر میگزین پڑھیں گے— اور وہ لوگ گوانی آیا ڈورا کو پریشان کریں گے۔ لیکن انہیں تو جانا ہی تھا۔ چلتے چلتے کٹو نے وعدہ لیا۔

"آنٹی— آپ بھی ہمارے گھر آئیں نا؟"— ہم آپ کو اپنا 'ایکویریم' دکھائیں گے— اور ہم نے آسٹریلین طوطے بھی پالے ہیں" کٹو نے گویا اسے لالچ دیا۔ اس نے

بچّوں سے وعدہ تو نہیں کیا۔ بس مسکرا کر سر ہلا دیا۔

ایسے گھر میں جہاں ایک مرد اپنے بچوں کے ساتھ رہتا ہو— وہ جا کر کیا کرتی؟— اور شاید سندیپ نے بھی یہ بات محسوس کی۔ لیکن زبان سے کچھ نہ کہا— اس کا شکریہ ادا کیا— اور بچوں کو ساتھ لے کر رخصت ہو گیا— شاید جاتے جاتے اس نے دل میں یہ بھی طے کیا تھا کہ وہ بچوں کی ضد کے باوجود اب کبھی یہاں نہیں آئے گا۔ ویسے وہ رینو کی سرد مہری اور احتیاط کے لئے اسے قصوروار بھی نہیں سمجھ رہا تھا۔

ایک دن اچانک ہی کٹو اور رمپی آ گئے۔ وہ انہیں دیکھ کر خوش ہو گئی۔ اور یہ احساس ہر احتیاط پر غالب آ گیا کہ وہ بھی بچوں کو مس کر رہی تھی۔ گیٹ کے باہر گاڑی میں اسٹیرنگ پر ڈرائیور بیٹھا تھا۔ سندیپ نہیں۔ ''کہیے— اتنے دن کے بعد آنٹی کی یاد آئی''؟—

رینو نے شکوہ کیا تو کٹو جو ذرا سمجھدار تھا۔ منہ بنا کر بولا۔

''ہم نے تو کئی بار ڈیڈی سے کہا— لیکن—؟''

''ڈیڈی کو کئی دن سے بخار آ رہا ہے آنٹی'' رمپی نے بتایا۔

''پھر آپ انہیں چھوڑ کر کیوں آ گئے؟''—

''آپ کو کارڈ دینا تھا نا؟— تو ڈیڈی نے کہا خود جا کر دے آؤ—''

کٹو نے ایک خوبصورت سا کارڈ اسے تھما دیا۔ یہ رمپی کی برتھ ڈے کا دعوت نامہ تھا—

''آنٹی آپ آئیں گی نا؟'' رمپی نے پوچھا—

''ضرور آئیں گے''— وہ مسکرا دی۔

''تب ڈیڈی ہار جائیں گے اور ہمیں چاکلیٹ کھلائیں گے۔''

''وہ کیسے؟''—

''ڈیڈی نے شرط لگائی تھی کہ آنٹی نہیں آئیں گی''—

''اوہ تب تو ہم ضرور انہیں ہرائیں گے''—

اس نے بچوں کی خوشی میں بھرپور ساتھ دیا۔

''اچھا آپ لوگ جب تک یہ مٹھائی کھائیں میں تیار ہو کر ابھی آئی۔ ذرا آپ کے ڈیڈی کو بھی دیکھ لوں کتنا بخار ہے؟''—

اور پھر وہ بچوں کے ساتھ سندیپ کو دیکھنے چلی گئی۔

سندیپ نے اسے دیکھا تو ان کی بجھی بجھی اداس آنکھوں میں چراغ سے روشن ہو گئے۔ اس نے خاموشی سے تھرمامیٹر لگایا۔ اور جب پارہ ایک سو تین ڈگری پر آ کر تھم گیا تو وہ بچوں کی مدد سے ٹھنڈا پانی اور تولیئے لے کر اس کے قریب ایک کرسی پر بیٹھ گئی اور اس کی پیشانی پر ٹھنڈے پانی میں بھیگی پٹیاں رکھنے لگی۔ آدھے گھنٹے کی کوشش کے بعد سندیپ کا بخار نیچے اترا۔ اور اس نے کچن میں جا کر سلائس سینکے۔ دودھ گرم کیا۔ اور ٹرے میں رکھ کر لے آئی—

''اب آپ کچھ کھا لیں۔ خانساماں بتا رہا ہے کہ آپ نے صبح سے کچھ نہیں لیا''—

''آپ نے کیوں تکلیف کی۔''؟ سندیپ نے اس کے ہاتھ سے گلاس لے کر سِلنچی میں کُلّی کی—اور دو تین سلائس کھا کر دودھ پی لیا۔ اور تب انہیں بھی احساس ہوا کہ وہ واقعی بھوکے تھے—انہوں نے ممنون نظروں سے اسے دیکھا—دھیرے سے بولے۔

''عورت نہ ہو تو مرد بے چارہ بھوکوں مر جائے''—

''میں دلیہ بنا کر رکھے جاتی ہوں۔ شام کو ضرور کھا لیں''—

''جو حکم''—سندیپ نے سعادت مندی سے کہا۔ وہ مسکرا دی۔

جانے سے پہلے اس نے سندیپ کا بستر بدلا۔ اور دھلا ہوا کرتا پاجامہ بھی ان کے قریب رکھ دیا تا کہ وہ لباس بدل لیں پھر بچوں کو ڈیڈی کی دیکھ بھال اور آرام کے بارے میں ہدائتیں دے کر رخصت ہو گئی۔

سندیپ کی بیماری کے دوران رینو کو ان کی شخصیت کے کئی پہلو معلوم ہوئے۔ اسے تعجب ہوا کہ شوبھا نے آخر ان میں کون سی برائی دیکھی جو انہیں اور بچّوں کو چھوڑ گئی۔ سندیپ بے حد متوازن خیالات کے نرم خو شائستہ اور مہربان انسان تھے—پھر ایک مشہور کمپنی میں جی ایم تھے۔ گھر میں کسی چیز کی کمی نہیں تھی۔ اگر شوبھا چاہتی تو اس گھر کو پریم اور

خوشیوں سے سورگ بنا سکتی تھی۔ وہ تو بنے بنائے سورگ کو ٹھکرا کر چلی گئی۔ کبھی کبھی ہم نادانی میں اوپر والے کی رحمتوں سے منہ موڑ کر خود اپنی تباہی کو دعوت دے ڈالتے ہیں —— شوبھا نے بھی یہی نادانی کی تھی —— اس نے اپنی آزادی اور خود مختاری کے لئے گھر، بچوں اور شوہر کو قربان کر دیا تھا کیونکہ سندیپ کو اس کی حد سے بڑھی ہوئی آزادی پسند نہیں تھی۔ اور وہ اسے کلب اور پارٹیوں میں جانے سے منع کرتا تھا۔ لیکن چھوٹے چھوٹے بچوں کو آیا کے پاس چھوڑ کر وہ تفریح کے لئے نکل جاتی تھی۔ اور پھر ایک دن وہ ہمیشہ کے لئے چلی گئی۔ اس وقت ٹنو پانچ سال کا تھا۔ اور رمپی دو ڈھائی سال کی ہوگی لیکن شوبھا نے بچوں کی زنجیریں بھی کاٹ پھینکیں۔

سندیپ نے بتایا —— ان کی آواز میں روح کا سارا درد سمٹ آیا تھا۔ اور آنکھیں آنسوؤں کے بوجھ سے جھکی جا رہی تھیں۔

رمپی کے برتھ ڈے پر اس نے پارٹی کا سارا انتظام سنبھال لیا —— اور سندیپ کو ایک بار پھر کسی کے بارے میں سوچنا پڑا —— ورنہ شوبھا کی بے وفائی نے انہیں اس حد تک بیزار کر دیا تھا کہ وہ عورت ذات کا نام تک سننا پسند نہیں کرتے تھے۔

پارٹی کے بعد جب وہ گھر جانے کے لئے تیار ہوئی تو سندیپ نے اس کے دونوں ہاتھ تھام لئے۔

''رینو اس گھر کو اور خود مجھ کو تمہاری ضرورت ہے بچّوں کا پیار بھی تم سے چھپا نہیں ہے۔ اب بتاؤ تمہارا کیا فیصلہ ہے؟'' ——

''فیصلہ تو ہو چکا'' رینو نے مسکرا کر ٹنو اور رمپی کو لپٹا لیا اور سندیپ نے اپنا بھاری ہاتھ اس کے کاندھے پر رکھ دیا۔

☆☆

بُرا آدمی

شکورے اچانک بستی سے غائب ہوگیا تو بستی والوں نے سکھ کی سانس لی۔ جب تک وہ گاؤں میں رہا سب کا جینا حرام کئے رہا۔ جدھر سے نکل جاتا، لوگ اپنی عزّت، جان و مال کی خیر مناتے۔۔ وہ انسان نہیں طوفان تھا۔ جو کہیں بھی کبھی بھی قیامت ڈھانے پہنچ جاتا تھا۔ اسے دیکھ کر اچھے اچھوں کا پسینہ چھوٹ جاتا تھا۔

مضبوط ہاتھ پاؤں، نَس نَس میں بجلیاں بھری ہوئی۔ چال میں ایسی دھمک مانو سڑک پر بل ڈوزر چل رہا ہو۔ اس کی بڑی بڑی لال ڈورے والی آنکھوں سے خون ٹپکتا تھا۔۔۔ اور اسے دیکھ کر ایسا لگتا تھا جیسے وہ ساری دنیا سے انتقام لینے کے لئے پیدا ہوا ہو۔ اپنے پیدا ہونے کا انتقام۔۔ اور جس سے اسے انتقام لینا چاہئے تھا، وہ اس کے جنم لینے سے پہلے ہی اس کی ماں کو چھوڑ کر جاچکا تھا۔ ماں نے محنت مزدوری کرکے اسے پالا۔ لیکن ایک دن وہ بھی اسے چھوڑ کر چلی گئی۔ رات میں اچھی بھلی سوئی تھی صبح جب دیر تک نہیں جاگی تو شکورے نے رونا شروع کردیا۔ اسے بھوک لگی تھی۔ اور ماں سوئی پڑی تھی۔ پاس پڑوس والوں نے دیکھا تو اس کی آنکھیں کھلی تھیں۔ منہ سے جھاگ نکل رہا تھا۔ رات کے نہ جانے کس پہر سانپ اسے ڈس گیا تھا۔ شکورے اس وقت بہ مشکل تین برس کا تھا۔ بستی والوں نے اس کی چند روز دیکھ بھال کی۔ لیکن آخر کب تک وہ اس کی ذمے داری اٹھاتے۔ ان کے اپنے بال بچّے تھے۔ مسائل تھے۔ سب غریب تھے۔ پھر وہ خود ہی بستی کی گلیوں میں رُل کر بڑا ہوگیا۔ اگر اپنی بڑھوتری روکنے کا کوئی طریقہ اسے معلوم ہوتا۔۔۔ تو وہ کبھی بڑا نہ ہوتا۔

کیونکہ جب تک وہ چھوٹا رہا۔لوگ ترس کھا کر اسے کھانے کے لیئے دے دیتے تھے۔ جب ذرا اس نے ہاتھ پاؤں نکالے تو بستی والوں نے بھی اپنے ہاتھ کھینچ لیئے۔ کہ بھئی اب تم بڑے ہو گئے ہو۔ محنت مزدوری کرو۔ اور کماؤ کھاؤ۔۔۔۔لیکن شکورے کو تو مفت کی روٹیاں لگ گئی تھیں۔ سر پر کوئی بڑا نہیں تھا جو اسے کسی کام پر لگاتا اور محنت مزدوری کی ترغیب دیتا۔ بستی والے کچھ کہتے تو اسے محسوس ہوتا کہ طعنے دے رہے ہیں۔ بھیک مانگنا اس کی سرشت میں نہیں تھا دو وقت کی روٹی اس کی بھی ضرورت تھی۔ اس لیئے جب اسے بھوک ستاتی وہ کسی ہوٹل یا مٹھائی کی دوکان پر جا کر بیٹھ جاتا اور اپنی من پسند چیزوں کا آڈر اس طرح دیتا۔ جیسے جیب میں نئے نئے کرارے نوٹ بھرے ہوں۔ پیٹ بھر جاتا تو وہ بڑی شان سے چل دیتا کسی کی مجال نہیں تھی کہ اس سے پیسے مانگے یا اس کی فرمائش پوری کرنے سے انکار کرے۔ کیونکہ سب لوگ ہیرا کے انکار کا انجام دیکھ چکے تھے۔۔۔

بسوں کے اڈے کے پاس ہیرا کا چائے کا ہوٹل تھا۔ ہر وقت وہاں سے بسیں اور ٹرک وغیرہ گزرتے رہتے تھے۔ اور بس کے انتظار میں بیٹھے ہوئے مسافر، یا ٹرک ڈرائیور وہاں رک کے چائے پانی کرتے تھے۔ ہیرا کا ہوٹل صبح سے رات کے بارہ بجے تک کھلا رہتا تھا۔

ایک دن شکورے ٹہلتا ہوا بس کے اڈے پہنچ گیا۔ اور ہوٹل کے باہر پڑی ہوئی لکڑی کی بینچ پر بیٹھ گیا۔ ہوٹل کا چھوکرا دوڑ کر آیا تو اس نے چائے بَن مکھن کا آرڈر دیا۔ ہیرا اس کی شہرت سے واقف تھا لیکن یہ بھی اطمینان تھا کہ درجنوں لوگوں کی موجودگی میں وہ کوئی بدمعاشی نہیں کر سکتا۔ شکورے نے ڈٹ کر کھایا پیا اور جانے کے لیئے کھڑا ہو گیا۔ چھوکرا پیسے لینے آیا تو اسے ڈانٹ کر بھگا دیا۔ ہیرا کو اس کی یہ دھاندلی پسند نہیں آئی۔ اس نے کاؤنٹر سے باہر آ کر سخت لہجے میں کہا۔۔۔

"شکورے۔۔۔دھندے کے وقت مسخری نہ کرو"۔

"مسخری کون کم بخت کر رہا ہے؟"۔۔۔

شکورے منہ پھاڑ کر ہنسا تو ہیرا کو بھی غصہ آ گیا۔ کہنے لگا "یہ سامان مفت میں نہیں آتا کہ تم کھا پی کر چلتے بنو۔ شرافت سے چھ روپئے نکالو ورنہ اچھا نہیں ہوگا"۔۔۔

ہیرا نے دھمکی دی—

''اس سے زیادہ بُرا بھی نہیں ہوگا'' کہہ کر شکورے نے ہاتھ مار کر دودھ کا بڑا سا بھگونہ بھٹی سے نیچے گرایا اور کاؤنٹر پر رکھی ہوئی ساری اچاریاں ایک ایک کر کے اچھال دیں۔ اچاریاں چکنا چور ہو گئیں۔ بسکٹ، سموسے، اور نان خطائیاں کھولتے ہوئے دودھ میں ڈبکیاں کھانا لگیں۔ کسی میں ہمت نہیں تھی کہ اسے روکے یا ٹوکے اور شکورے یہ جا وہ جا۔

اس واقعے کے بعد شکورے کی ہمت اور بڑھ گئی۔ اپنی ضرورت کا کوئی بھی سامان وہ دوکان سے اٹھا لیتا اور دوکاندار منہ سے ایک لفظ نہ نکالتا۔ بستی سے ملے ہوئے گاؤں میں ایک پولیس چوکی تھی۔ جہاں دو سپاہی سارا دن کھاٹ پر پڑے جمائیاں لیتے رہتے اور داروغہ جی اپنا 'حصہ' لے کر مگن رہتے۔ اگر کوئی بھولا بھٹکا فریادی رپوٹ لکھانے آتا تو گویا اپنی شامت کو خود آواز دیتا— اور اسے اپنی جان چھڑانا مشکل ہو جاتی۔ چور سپاہی کے کھیل میں بے چارہ شاہ مارا جاتا۔ اس لئے لوگ اپنا نقصان برداشت کرنے پر مجبور تھے۔

زمینداری ختم ہوئی تو زمین دار بھی ختم ہو گئے۔ اب گاؤں اور قصبوں میں مہاجنوں کا راج تھا— بستی میں لالہ چمن داس سے زیادہ دولت مند کوئی بندہ بشر نہیں تھا۔ لالہ جی رہن اور بیج کا کام کرتے تھے۔ کسان اپنی ہر ضرورت پر ان سے قرض لینے پر مجبور تھے۔ اگر وہ قرض نہ لیتے تو ان کی بیٹیاں کنواری رہ جاتیں۔ کھیتوں کے لئے بیج نہ ملتا تو اناج کیسے پیدا ہوتا۔ بیلوں کی جوڑی لینا ہوتی تب بھی لالہ کی چوکھٹ پر ماتھا ٹیکنا پڑتا اور خالی خولی تو لالہ اپنے باپ کو دمڑی نہیں دیتا تو کسان کو کیسے دیتا۔ نتیجے میں کسانوں کی زمین لالہ کے بہی کھاتوں میں چڑھ جاتی۔ دیکھتے ہی دیکھتے گاؤں کا ہر کسان لالہ کا قرض دار ہو گیا۔ اور ایک گاؤں پر کیا منحصر— آس پاس کے دو چار گاؤں تک لالہ کی ہنک تھی— یہ بستی بھی ان کی حکومت کے دائرے میں آتی تھی— لالہ کی کوٹھی اونچی ہوتی گئی اور ان کی تجوریاں گاؤں کی بہو بیٹیوں کے زیورات سے اُبلنے لگیں— ان کا ہر کام قانون کے مطابق ہوتا تھا۔ اس لئے کسی کو ان کے سامنے دم مارنے کی ہمت نہیں ہوتی تھی۔

شکورے کی شورہ پشتی بڑھنے لگی تو بستی کے بڑوں نے لالہ سے فریاد کی ان کی پہنچ

بہت اوپر تک تھی۔ بڑے بڑے لیڈر اور افسران کے مہمان ہوتے تھے۔ لالہ جی نے وعدہ کیا کہ وہ شکورے کو بلا کر سمجھائیں گے۔ اور اگر اس نے ان کی بات نہ مانی تو پھر اس کا دوسرا انتظام کریں گے — انہیں اپنی دولت کا زعم تھا۔ کوٹھی کے پھاٹک پر دو پہرے دار دن رات۔ چوبیس گھنٹے کھڑے رہتے تھے۔ گودام پر بھی پہرہ رہتا تھا۔

لالہ کے بلاوے پر شکورے یوں ان کے سامنے جا کر کھڑا ہو گیا جیسے اسے دعوت میں بلایا گیا ہو۔ یا پھر لالہ اس کا قرض دار ہو۔

"کیا بات ہے لالہ۔ کیوں یاد کیا ہے؟"۔

شکورے! تمہاری بد معاشیاں روز بہ روز بڑھتی جا رہی ہیں۔ بستی کے غریب لوگوں کو ستا کر تمہیں کیا ملتا ہے؟"۔

لالہ نے نرم لہجے میں کہا—

"آپ سے کس نے میری شکایت کی ہے؟"—

"کیا میں بہرا ہوں۔ کوئی دن ایسا نہیں جاتا — جب تمہاری شکایت نہ ملتی ہو؟" —لالہ نے اسے ملامت کی۔

"لالہ — میں نے کس کی زمین ہڑپ کی ہے؟ کس کا زیور اپنی تجوری میں بند کیا ہے؟ تم تو ایسے کہہ رہے ہو جیسے میں سود خور مہاجن ہوں۔ اور تم بستی والوں کے اَن داتا ہو۔؟"—

شکورے کے طنزیہ جملوں نے فلیتے کا کام کیا۔ وہ بھڑک اٹھے۔ چیخ کر بولے۔

"اپنی اوقات میں رہ لڑکے"— ورنہ"—

"ورنہ تم کیا کر لو گے۔ نہ میرے پاس کھیت ہیں نہ زمین جس کا ڈر ہو۔ ڈریں وہ جن کی تجوریاں حرام کی دولت سے بھری ہیں۔ جن کے گودام غریبوں کی خون پسینے کی کمائی سے اُبل رہے ہیں"—

شکورے لالہ کا جواب سنے بغیر باہر نکل گیا۔ اسی رات لالہ کے گودام میں آگ لگ گئی۔ اور ہزاروں کا اناج جل کر راکھ ہو گیا۔ پولیس تھانہ ہوا۔ لالہ نے زمین آسمان ایک

کردیا لیکن شکورے کا کہیں پتہ نہیں تھا۔ بستی والوں نے سکون کی سانس لی۔ لالہ کا کیا ہے؟۔ ان کا نقصان تو دو تین سال میں پورا ہو جائے گا۔ البتہ ان کی مصیبت ختم ہوگئی تھی۔ اب شکورے یہاں واپس نہیں آئے گا اس کا سب کو یقین تھا——

صرف بستی ہی نہیں آس پاس کے کئی گاؤں سوکھے کی لپیٹ میں آ گئے۔ کسان بال بچوں کا پیٹ پالنے کے لئے محنت مزدوری کرنے پر مجبور ہو گئے۔ ایسے وقت میں لالہ نے بھی آنکھیں پھیر لیں۔ اور سب نے شہر کا رخ کیا۔ ہر اڈے پر مزدوروں کی بھیڑ نظر آتی تھی۔ جن دنوں مزدور کم ہوتے تھے۔ تو مزدوری بڑھ جاتی تھی۔ مزدوروں کی تعداد بڑھتی تھی تو مزدوری کم ہو جاتی تھی۔ ٹھیکے دار ایسے موقعوں پر خوب فائدہ اٹھاتے تھے۔ غرض مند پیٹ کی خاطر کم پیسوں پر بھی کام کرنے پر مجبور ہو جاتے تھے۔

بشیر کام کی تلاش میں شہر آیا تو ایک ٹھیکے دار کے پاس اسے کام مل گیا۔ تین دن پہلے اسے چھٹی مل گئی تھی اب وہ روز اڈے پر آ رہا تھا۔ اس دن بھی وہ مزدوروں کے ساتھ کھڑا تھا۔ کہ اچانک اس کی نظر شکورے پر پڑ گئی۔ وہ ذرا سب سے ہٹ کر رنگ کی بالٹی اور برش لئے کھڑا تھا۔ بشیرا کو اپنی آنکھوں پر یقین نہیں آیا۔ شکورے اور مزدوری—؟ چھین جھپٹ کر کھانے والا۔ حرام خور اور کام چور شکورے، محنت مزدوری کیسے کرنے لگا؟۔ وہ اس کے قریب گیا— کہا—

''شکورے بھیا سلام''—

''ارے بشیرا—— تم یہاں کیسے؟''۔

عرصے کے بعد کوئی پہچان والا نظر آیا تھا۔ شکورے خوش ہو گیا۔ اور محبت سے اس کا ہاتھ تھام لیا—

''کیا بتائیں بھیا— سوکھے نے پوری بستی کو تباہ کر دیا۔ مجبوراً مزدوری کرنے یہاں آنا پڑا—''

بشیرا نے ایسے دکھڑا رویا جیسے شکورے اس کا یار بیلی ہو—اس وقت وہ اس کی ساری بدمعاشیاں بھول گیا تھا— شکورے نے بڑی محبت اور اپنائیت سے کہا۔

''آج تو شاید ہی کام ملے۔ بازار، بہت مندا جا رہا ہے۔ میرے ساتھ چلو۔ گھر پر بیٹھ کر باتیں کریں گے''۔

دونوں قریب کی ایک کچی بستی میں پہنچے شکورے نے چھوٹی سی ایک جھونپڑی کے سامنے کھڑے ہو کر آواز دی۔

''ریشماں؟''—

تیرہ چودہ برس کی سانولی سلونی ایک لڑکی باہر آئی اور ایک اجنبی مرد کو دیکھ کر شرما گئی— دھیرے سے کہا—

''آج تم بڑی جلدی آ گئے— کیا کام نہیں ملا؟''—

''اڈّے پر بشیرا مل گیا۔ یہ ہماری بستی کا ہے۔ تم جلدی سے چائے بنا لاؤ''—

شکورے نے کہا— وہ جھٹ اندر چلی گئی— اور شکورے نے کھاٹ بچھا کر بشیرا کو بٹھایا۔ رنگ کا ڈبہ کنارے رکھ دیا۔ ایک گہری سانس لے کر— پوچھا—

''گاؤں بستی کا کیا حال ہے''؟

''ویسا ہی جیسا تم چھوڑ کر آئے تھے۔ بلکہ اس سے بھی خراب''

بشیرا نے لالہ کا نام نہیں لیا۔ اور نہ ہی گودام جلنے کا واقعہ یاد دلایا— دل میں کہا—

''اچھا ہوا جو شکورے نے بستی چھوڑ دی— اور شہر آ کر گھر بھی بسا لیا— وہاں رہتا تو—''—

''بابا— چائے لے جاؤ—''

اندر سے ریشماں کی آواز آئی۔ بشیرا نے چونک کر اسے دیکھا۔

''یہ میری بیٹی ہے—'' شکورے نے بتایا—

''اور تمہاری گھر والی—؟''

''میں نے بیاہ نہیں کیا''—

''تو پھر یہ—— یہ بیٹی؟''—

بشیرا کی سمجھ میں نہیں آیا کہ کیا کہے۔شکورے نے خود ہی کہا—
''یہ اسٹیشن پر بھیک مانگتی تھی— میں اسے اپنے ساتھ لے آیا لڑکا لاوارث ہوتو شکورے بن جاتا ہے— لیکن اگر لڑکی لاوارث ہوتو—''—
شکورے نے اپنا جملہ ادھورا چھوڑ دیا۔لیکن بشیرا اس کا مطلب اچھی طرح سمجھ گیا۔اوراس نے بڑی محبت اور عقیدت سے اس کے دونوں ہاتھ تھام لئے—

☆☆

موری کی اینٹ

جھنڈولے بالوں والی نو دس برس کی ایک میلی کچیلی بچی ان کے سامنے کھڑی تھی — انہوں نے سوالیہ نظروں سے امّو کو دیکھا — امّو نے فوراً کہا —

''بیگم! یہ بے چاری بڑی دیر سے پھاٹک پر کھڑی تھی — رمضانی نے اسے آپ کے پاس بھیجا ہے۔ شاید بھوکی ہے'' —

''اسے کچھ کھانے کو دے دو'' —

بیگم نے ایک اُچٹتی ہوئی نظر بچی پر ڈالی تو میل کی تہوں کے سوا کچھ نظر نہ آیا۔ نہ رنگ روپ نہ ناک نقشہ خدا جانے کب سے بدن پر پانی نہیں پڑا تھا — کپڑوں کی حالت تو اور بھی خراب تھی۔

''کم بخت — کتنی گندی ہے'' —

اس کی حالت دیکھ کر انہیں گھن آ گئی۔ پھر کچھ سوچ کر بولیں۔

''مہ پارہ کا کوئی پرانا جوڑا ابھی اسے دے دو'' —

اَمّو اسے اپنے ساتھ باورچی خانے میں لے گئیں۔ ایک کنارے بیٹھنے کا اشارہ کیا۔ پھر المونیم کے پیالے میں تھوڑا سا سالن نکالا۔ اور دو روٹیاں اس کے ہاتھ میں تھما کر کہنے لگیں ''لے۔ کھالے۔ اُدھر نل ہے پانی پی لینا۔ میں ابھی آتی ہوں'' —

اسے چھوڑ کر وہ سامان کی کوٹھری میں گئیں۔ وہاں اوپر تلے کئی چوبی صندوق رکھے تھے۔ انہوں نے باری باری کئی صندوق کھولے۔ لیکن اس کے لائق کوئی کپڑا نظر نہ

آیا۔ مہ پارہ کے کپڑے چھوٹے ضرور ہو گئے تھے۔ لیکن سب کے سب بہت قیمتی اور اچھی حالت میں تھے۔ بڑی مشکل سے ایک سادہ شلوار جمپر ملا۔ تو انہوں نے اطمینان کی سانس لی ـــــ اور کپڑوں کا گولا سا بنا کر باورچی خانے میں لے گئیں۔ وہ ابھی تک بڑے انہماک سے روٹی کھا رہی تھی ـــــ انہوں نے پاس پڑی ہوئی پیڑھی پر کپڑوں کا گولا رکھا۔ پوچھا۔

''تیرا نام کیا ہے چھوکری'' ـــــ

''بانو'' چپڑ چپڑ نوالے چباتے ہوئے نام بتایا۔ پھر وہ اٹھ کر نل پر گئی ـــــ اور پانی پی کر وہیں آ گئی ـــــ

''لے کپڑے اٹھا لے اور گھر چلی جا'' ـــــ

بچی نے کپڑے بغل میں دبائے اور باہر جانے کے بجائے دہلیز پر بیٹھ گئی۔

''کیا گھر جانے کا ارادہ نہیں ہے جو یوں اطمینان سے بیٹھی ہے؟''

امو نے اسے ٹہوکا دیا ـــــ اس نے انکار میں سر ہلا دیا۔ انہیں ہنسی آ گئی ـــــ چمکار کر کہا ـــــ

''تیری ماں پریشان ہو گی کہ جنم جلی کہاں چلی گئی ـــــ'' ـــــ

بچی نے کوئی جواب نہیں دیا۔ بس ٹکر ٹکر ان کی صورت دیکھتی رہی ـــــ امو چڑ کر بولیں۔

''اب دفع ہو جا۔ مجھے اور بھی بہیترے کام کرنا ہیں۔''

بچی اٹھ کر ایک طرف چل دی وہ بھی غڑاپ سے ایک کمرے میں غائب ہو گئیں۔

امو جب اس حویلی میں آئی تھیں تو آمنہ بیگم تھیں بیگم نے انہیں مہ پارہ کی دیکھ بھال کے لئے ملازم رکھا تھا ـــــ اس وقت مہ پارہ دو ڈھائی سال کی تھی۔ وہ اپنی توتلی زبان سے انہیں امو کہنے لگی تو وہ پوری حویلی کی امو ہو گئیں ـــــ یوں بھی حویلی میں بیگمات کی کمی نہیں تھی ـــــ انہیں کون آمنہ بیگم کہہ کر مخاطب کرتا ـــــ مانا کہ وہ شریف زادی تھیں ـــــ لیکن رتبہ تو بیگموں والا نہیں تھا۔ چونکہ بیوہ تھیں آل اولاد بھی نہیں تھیں ـــــ سو وہ حویلی کی ہو کر رہ گئیں اور کبھی یہاں سے جانے کا خیال بھی نہیں آیا۔ اب تو مہ پارہ خدا رکھے گیارہ بارہ سال کی

ہوگئی تھی — اور اپنی اماں حضور سے زیادہ ان سے مانوس تھی —

حویلی کے مالک صولت نواب خاندانی رئیس تھے — اللہ کا دیا بہت کچھ تھا — بیگم بھی رئیس زادی تھیں اور حیثیت میں ان سے کسی صورت کم نہیں تھیں — چھکڑوں پر لد کر ان کا جہیز آیا تھا۔ جب تک ساس زندہ رہیں وہ بہو صاحبہ کہلائیں۔ ان کے گزرنے کے بعد ''بیگم صاحبہ'' کہلانے لگیں اور کیوں نہ کہلاتیں آخر حویلی کے کل جز کی مالک وہی تو تھیں —

صولت نواب کا زیادہ وقت مردان خانے میں گزرتا تھا۔ شادی کے ابتدائی زمانے میں تو وہ زنان خانے کے دو چار چکّر لگاتے تھے۔ کچھ ماں کا لحاظ۔ کچھ نئی نویلی دلہن کا موہ بھی تھا۔ رفتہ رفتہ دلہن بھی پرانی ہوتی گئی۔ اور ماں کے انتقال کے بعد کسی کا لحاظ پاس بھی نہیں رہا۔ اب جوان کی برائے نام آمد ورفت رہ گئی تھی — وہ بھی بس مہ پارہ کی وجہ سے۔ وہ ان کی بے حد لاڈلی تھی — شاید اس کا سبب یہ تھا کہ وہ شادی کے چار سال کے بعد پیدا ہوئی تھی — اور یہ تو انسانی فطرت ہے کہ جو شئے مایوسی کے بعد ملتی ہے اس کی قدر و قیمت بھی زیادہ ہوتی ہے۔ بیگم کو بھی میاں سے کوئی خاص رغبت نہیں تھی — حویلی کے انتظام سے انہیں سر اٹھانے کی فرصت نہیں ملتی تھی — وہ اگر دنوں بلکہ ہفتوں بیوی کے پاس نہ پھٹکتے تو انہیں بھی ان کی ذرا فکر نہ ہوتی اور نہ انہوں نے کبھی میاں کی مصروفیات کے بارے میں جاننے کی کوشش کی۔ جلنا کڑھنا تو دور رہا — ان کے لئے تو یہ حویلی اور مہ پارہ ہی کافی تھیں —

بانو دن بھر بغل میں کپڑے دبائے حویلی میں اِدھر سے اُدھر گھومتی رہی۔ رات ہوئی تو ایک کونے میں پڑ کر سوگئی۔ صبح ہوئی تو وہ پھر باورچی خانے میں موجود تھی۔ امّو نے اسے دیکھا تو مارے حیرت کے ان کا منہ کھلے کا کھلا رہ گیا — کچکچا کر بولیں —

''اے ہے کم بخت تو کل سے یہیں ہے؟'' —

بانو نے کوئی جواب نہیں دیا — اور ایک کنارے بیٹھ گئی — امّو کا جی چاہا کہ ابھی اس کا ہاتھ پکڑ کر حویلی سے باہر نکال دیں۔ پھر اس کی معصوم شکل دیکھ کر ترس آگیا۔ لیکن ڈپٹ کر بولیں ''جا منہ ہاتھ دھو کر آجا'' —

بانو چپ چاپ اٹھ کر چلی گئی۔ منہ پر پانی کے دو تین چھپا کے مارے اور وہیں واپس آ گئی۔ اموّ نے کٹورے میں چائے انڈیلی اور باس روٹی اسے پکڑا کر چائے کا کٹورا اس کے سامنے رکھ دیا۔ پھر اسے سمجھاتے ہوئے بولیں۔

''چائے پی لے۔ پھر اپنے گھر چلی جانا۔ اگر بیگم نے تجھے دیکھ لیا تو بہت خفا ہوں گی۔''

انہوں نے بیگم کا نام لے کر ڈرایا۔ بانو نے اقرار کیا نہ انکار۔ خاموشی سے چائے سُڑ کنے لگی۔ اموّ اِدھر اُدھر ہو گئیں دو پہر میں ملازموں کو کھانا دیا گیا تو وہ پھر موجود تھی — اب تو اموّ کا پارہ چڑھ گیا۔ منہ سے ایک لفظ کہے بغیر اس کی بانہہ پکڑی اور سیدھی بیگم کے پاس لے گئیں۔ پھر اسے دھکیل کر ان کے سامنے کر دیا — کہا —

''بیگم یہ تو بڑی ڈھیٹ ہے۔ کل سے گھوم پھر کر یہیں جمی ہوئی ہے۔ جانے کا نام ہی نہیں لیتی۔ جب دیکھو باورچی خانے میں موجود ہے۔ مانو اس کے باوا نے دیگیں چڑھوائی ہوں'' —

بیگم نے اسے اپنے پاس بلایا — نرمی سے پوچھا —

''تیرا گھر کہاں ہے؟'' —

اس نے انکار میں سر ہلا دیا —

''تیرے ماں باپ کہاں ہیں؟'' — اموّ پھنکاریں —

''نہیں ہیں'' — بانو نے بسور کر کہا —

''نگوڑی کیا آسمان سے ٹپکی ہے؟'' —

اموّ نے جھلّا کر اسے ایک دھموکہ مارا — وہ روئی نہ چلّائی بس ٹکر ٹکر بیگم کی صورت دیکھنے لگی۔ اموّ کی مار کا بھی اس پر کوئی اثر نہیں ہوا۔ بیگم کو ترس آ گیا —

''اموّ شاید بے چاری لاوارث ہے۔ خدا جانے کہاں سے بھٹکتی ہوئی یہاں آ گئی — لڑکی ذات چار دن میں جوان ہو گی تو کیا کرے گی؟ —

زمانہ بہت خراب ہے۔ اموّ اسے یہیں حویلی میں پڑا رہنے دو — اس کی دو

روٹیوں کی حویلی میں کمی نہیں ہے۔ جہاں اتنے جی پل رہے ہیں وہاں ایک اور سہی — مہ پارہ کو بھی دوسراہٹ ہوگی — غریب سارا دن اکیلی ڈاؤں — ڈاؤں کرتی ہے"۔

بیگم کی اجازت ملی تو امّو اسے اپنے ساتھ لے گئیں اور امامن بوا کے حوالے کردیا۔ امامن خواجانے کس بات پر جلی بیٹھی تھیں اسے دیکھا تو غرّا کر بولیں —

"یہ آخور کہاں سے اٹھالائیں بی امّو — چل پرے ہٹ لڑکی"

"بیگم نے کہا ہے کہ اسے نہلا دھلا دو — کپڑے اس کے پاس ہیں ذرا صاف ستھری ہوجائے تو اسے اپنی صاحبزادی کے پاس لے جائیں گے"—

امّو بھلا امامن کے غصّے کی کیا پرواہ کرتیں۔ بیگم کا حکم سنا کر چلتی بنیں۔ اور امامن نے سارا غصہ بانو غریب پر اتار دیا — جھانوے سے اس کے بدن پر ایسے گھسّے دئے جیسے گھوڑے کے کھریرا کر رہی ہوں — نہا دھو کر اور صاف کپڑے پہن کر تو اس کی کینچلی ہی — بول گئی۔ میل کی تہوں کے نیچے جو گندمی رنگت چھپی تھی وہ نکھر کر سنہری بالی کی طرح چمکنے لگی۔ اور اس رنگت میں تھوڑا سا نمک بھی گھُل گیا۔ بڑی بڑی سیاہ آنکھیں تارہ سی چمکنے لگیں۔ گھنگھریالے بال البتہ قابو میں نہیں آرہے تھے۔ بلکہ دُھل دھلا کر اور زیادہ سرکش ہوگئے تھے۔ امّو نے ڈھیر سارا تیل چپڑ کر انہیں جمانے کی کوشش کی۔ لیکن سامنے کی شریر لٹیں اس کی روشن پیشانی پر لہرانے سے باز نہیں آرہی تھیں۔ امّو نے بڑے پیار سے اسے ایک دوہتڑ مارا اور لے جاکر مہ پارہ کے حوالے کردیا — مہ پارہ کو تو بیٹھے۔ بٹھائے ایک سہیلی مل گئی۔ حفظ مراتب کا سوال ہی نہیں تھا۔ کچی عمر میں ہر چیز، ہر شئے، ہر فرد اچھا لگتا ہے — اور جہاں سب اچھا ہی اچھا ہو۔ وہاں بانو جیسی سہیلی کیوں نہ اچھی لگتی!

سارا دن بانو مہ پارہ کے ساتھ رہتی تھی — وہ مولوی صاحب اور ماسٹر صاحب سے پڑھتی تو بانو اس کے قریب بیٹھی رہتی — اس کی دلچسپی دیکھ کر مولوی صاحب اور ماسٹر صاحب بھی اسے پڑھانے لگے۔ جلد ہی اُنہیں اس کی ذہانت کا اندازہ ہوگیا —

امّو رات میں اسے اپنے قریب ہی دوسری پلنگڑی پر سلاتی تھیں۔ اور وہ ان سے ڈھیر ساری باتیں کرتی تھی — امّو کی آنکھیں بند ہوجاتیں لیکن اس کی باتیں ختم نہ ہوتیں —

وہ یہاں بہت خوش تھی—

مہ پارہ کے ساتھ بانو نے بھی پرائیوٹ ہائی اسکول کا امتحان دیا اور اچھے نمبروں سے پاس ہوگئی۔ جب دونوں بیگم کو اپنا رزلٹ دکھانے گئیں تو انہیں یقین ہی نہیں آیا کہ یہ 'وہی' بانو ہے۔ وہ ان کے سامنے نظریں جھکائے کھڑی تھی۔ اس کی شرگیں مسکراہٹ میں کامیابی کی خوشی جھلک رہی تھی۔ پہلی بار بیگم کو بھی اپنے فیصلے پر خوشی کا احساس ہوا۔ اگر وہ اسے سہارا نہ دیتیں تو غریب لڑکی سڑکوں پر رُل کر ختم ہو جاتی۔

انہوں نے مہ پارہ کے ساتھ اسے بھی انعام دیا— سونے کی بالیاں جس میں سچے موتی پڑے تھے— اس کے سونے جیسے رنگ پر خوب کِھل رہی تھیں—

حویلی کے سامنے والے دو منزلہ مکان کی بالائی منزل پر کبوتر پلے ہوئے تھے۔ اور یہ گولا کبوتر ٹکڑیوں میں اڑائے جاتے تھے۔ آس پاس کے کئی گھروں میں کبوتروں کے شوقین آباد تھے۔ صبح صبح، ہُو، ہاؤ، کی آوازیں بلند ہوتیں اور لوگ لگّیاں لے کر کبوتر اڑانے لگتے۔ ذرا دیر میں آسمان کبوتروں سے بھر جاتا۔ اور جب کبوتروں کے مالک اپنے اپنے کبوتروں کو اُترنے کا اشارہ کرتے تو طرح طرح کی آوازیں نکالتے۔ تربیت یافتہ کبوتر اپنی چھت پر اترتے وقت دوسرے کبوتروں کو بھی اپنے ساتھ لگا لاتے تھے۔ اس پر خوب شور مچتا تھا۔

مہ پارہ کو اس کھیل میں بہت مزہ آتا تھا اور وہ اکثر بانو کے ساتھ چھت پر جا کر یہ تماشہ دیکھتی تھی۔ صاحبِ خانہ تو ایک کھٹولے پر لیٹے مزے سے حقّہ گڑ گڑاتے رہتے تھے— اور ایک دبلا پتلا لڑکا لمبی سی لگّی ہلا ہلا کر کبوتروں کو اڑانے کا فرض انجام دیتا تھا۔ اور طرح طرح کی آوازیں نکال کر ان کا جوش بڑھاتا تھا۔ جس دن کبوتر نہیں اڑتے تھے لڑکا اپنی کتابیں سامنے رکھے پڑھتا نظر آتا تھا۔ وہ کبوتروں کو اڑانے والی لگّی کی طرح سوکھا چمرخ تھا اور صُورت ہی سے بہت بے وقوف لگتا تھا۔ معمولی قمیض اور پاجامے میں ملبوس اس کا سراپا مضحکہ خیز اور شخصیت دبی دبائی سی نظر آتی تھی۔ خدا جانے اسکول جاتا بھی تھا یا محض وقت گزاری کے لئے کتابیں لئے بیٹھا رہتا تھا— مہ پارہ کو اس پر بہت ہنسی آتی تھیں—

لیکن بانو کو بہت ترس آتا تھا— ایک تو کبوتر اڑانے کی سخت ڈیوٹی— اور آؤ، آؤ کی آوازیں لگا کر انہیں واپس بلانے کی خدمت اوپر سے پڑھائی کا بوجھ— خدا جانے پاس ہوتا تھا یا نہیں؟''—

بانو چھت پر کپڑے پھیلانے جاتی تھی تو ایک نظر سامنے ضرور ڈال لیتی تھی۔ کبھی وہ دکھائی دیتا اور کبھی غائب ہو جاتا تھا— شاید کبوتر اڑانے کا بھی کوئی مخصوص موسم ہوتا تھا— پھر ایسا ہوا کہ وہ ہفتوں اور مہینوں نظر نہیں آیا— اب اس کی جگہ ایک ملازم چھوکرا کبوتر اڑانے کی خدمت انجام دینے لگا تھا— کچھ عرصے کے بعد بانو بھی اسے بھول بھال گئی۔ یوں بھی وہ یاد رکھنے کے لائق کب تھا—

''بیگم ہمارے سرکار کی تو خیر اپنی الگ ہی دنیا ہے۔ لیکن آپ کو اب صاحبزادی کی فکر کرنا چاہئے—''

امو نے ایک دن موقع دیکھ کر بیگم سے کہا—

''میں نے رنّو دائی اور ناون دونوں کے کان میں بات ڈال دی ہے—''

بیگم نے کتاب ہاتھ سے رکھتے ہوئے کہا۔ اور پوری طرح امو کی طرف متوجہ ہو گئیں۔

''دیکھتے سنتے بھی سال لگ جائے گا— اچھے لڑکوں کا تو نگوڑا کال پڑ گیا ہے''—

امو فکرمندی سے بولیں—

''تم ٹھیک کہتی ہو امو— اچھے خاندانوں کے لڑکے تو اور زیادہ برباد ہیں— وہ بس باپ، دادا کی کمائی پر عیش کرنا جانتے ہیں۔ اوپر سے طرح طرح کی بازیاں جان کو لگی ہیں۔ تعلیم سے انہیں بیر ہے کام کرنا ان کی شان کے خلاف ہے— بنتے رئیس زادے ہیں—''

بیگم نے ٹھنڈی سانس لی۔

''سرکار کے اتنے دوست احباب ہیں۔ اگر انہیں میں کوئی موزوں رشتہ مل جائے تو—''—

اموّ کو صولت نواب کے دوستوں کا خیال آ گیا۔

''وہ سب دستر خوان کے ساتھی ہیں۔ بس صبح و شام کھانے آ جاتے ہیں۔ نہ ہمدردی۔ نہ خیر خواہی— کبھی کبھی تو جی چاہتا ہے کہ یہ مفت کا لنگر ہی بند کر دوں— اور تمہارے سرکار سے کہہ دوں کہ بس بہت ہوا— اب آپ اپنا دربار بڑھا دیں تو بڑی مہربانی ہوگی—''

بیگم نے جل کر دل کا غبار نکالا۔ آخر صبر کی بھی کوئی انتہا ہوتی ہے۔

''اگر سرکار اندر خاصہ نوش کرتے ہوتے تو ان مفت خوروں سے جان بچ جاتی'' اموّ نے تاسف سے کہا۔

''لو— یہ اور ہوئی— ہماری نئی نئی شادی ہوئی تھی۔ یہ تب کی بات ہے— خدا بخشے ہماری ساس بار بار آدمی بھیج کر انہیں باہر سے بلواتیں اور وہ ''ابھی آتے ہیں'' کہہ کر ٹالتے رہتے— آخر ملازموں کو باہر ہی دستر خوان لگانے کا حکم صادر کر دیتے— بے چاری اماں حضور بھی بیٹے کی ماماتا سے مجبور ہو جاتیں۔ کئی بار میں نے اکیلے کھانا کھانے سے انکار کیا— نئی نویلی دلہن ہونے کا بھی غرور تھا— لیکن ان پر کوئی اثر نہیں ہوا۔ جھک مار کر میں بھی چپ ہو گئی۔ وہ دن اور آج کا دن— میں نے بھی انہیں ان کے حال پر چھوڑ دیا— پتھر سے سر پھوڑنے سے فائدہ بھی کیا تھا—''—

پہلی بار بیگم نے اموّ کے سامنے ماضی کی راکھ کریدی تھی— اور دبی ہوئی چنگاری باہر آئی تھی۔

'ہا جس کو میں برف کا تودہ سمجھتی تھی۔ وہ تو خود اپنی آگ میں جل جل کر راکھ ہو رہی تھی''—

اموّ بھی اداس ہو گئیں۔ اور دلگرفتہ لہجے میں بولیں۔

''کیا سرکار کو احساس نہیں ہے کہ بیٹی ماشاءاللہ شادی کے لائق ہو گئی ہے''——

''باہر والوں سے فرصت ملے تو بیٹی کے بارے میں سوچیں'' بیگم بھی آزادہ ہو گئیں—

''اب تو جو کچھ کرنا ہے۔ آپ ہی کو کرنا ہے۔ خدا رکھے وہ اگلے چاند میں اٹھارہویں میں لگ جائیں گی''—

''امّو— مجھے تو مہ پارہ کے ساتھ بانو کی بھی فکر ہے''— میں نے رنّو دائی سے کہہ رکھا ہے کہ اس کے لئے بھی لڑکا دیکھے''—

بیگم نے ایک ماں کی سی ذمّے داری سے کہا—

''جب یہ آئی تھی تو کب ہم نے سوچا تھا کہ ایک دن یہ بھی جوان ہوگی— اور اس کی شادی بیاہ کی ذمّے داری بھی ہمارے اوپر ہوگی— خدا جانے کس کا خون ہے— کون سی ذات برادری سے اس کا تعلق ہے— شادی کے وقت تو دس طرح کے سوال اٹھیں گے ''امّو فکر مند ہو گئیں— ''ہزار سوال اٹھیں— لیکن اسے الٹی سیدھی جگہ جھونکنا بھی تو ٹھیک نہیں ہوگا۔ پڑھ لکھ کر وہ بھی اچھا برا سمجھنے لگی ہے اور ایمان کی بات تو یہ ہے کہ بانو کسی بات میں کم نہیں ہے۔ بلکہ سیکڑوں سے اچھی ہے''۔

بیگم نے بانو کی تعریف کی۔

''ہماری صاحبزادی نے اور زیادہ اس کا دماغ خراب کر دیا ہے۔ بالکل اپنے برابر کا سمجھتی ہیں''امّو مسکرائیں —

''ہم نے بھی تو دونوں میں کبھی فرق نہیں کیا۔ بہنوں کی طرح ساتھ پلی بڑھی ہیں''—

بیگم نے خلوص سے دعا کی—

''خدا اس کا نصیب اچھا کرے''—

''آمین''— امّو نے بھی بیگم کی دعا پر آمین کہی۔ انہیں خود بھی بانو سے بہت محبت تھی۔ وہ بھی بچپن سے آج تک، ہر دم ان کے آگے پیچھے لگی رہتی تھی—

''امّو یہ— امّو وہ''— انہیں ہنسی آ گئی—

ایک روز سامنے والے دو منزلہ مکان سے جسے — ''کالا پھاٹک'' کہا جاتا تھا— زنانی سواریاں حویلی کی ڈیوڑھی میں اتریں— یہ پہلا موقع تھا جب وہاں سے کوئی

حویلی آیا تھا۔۔۔ میل جول اور آنا جانا بھی برابر والوں سے ہوتا ہے۔ ''کالا پھاٹک'' والے کھاتے پیتے لوگ تھے تو کیا ہوا۔ برابر کے تو نہیں تھے۔۔۔ گھر آئے مہمانوں کو عزّت دینا حویلی کی پرانی ریت تھی۔ بیگم نے خود بڑھ کر ان کا استقبال کیا۔۔۔ مہمان اپنے ساتھ جو مٹھائی کے خوان اور پھلوں کی کشتیاں لائے تھے۔۔۔ وہ ملازموں نے اندر رکھوا دیں۔۔۔

بیگم نے بڑے احترام سے خواتین کو دالان میں بچھے تختوں کے چوکے پر بٹھایا۔ ایک خاتون نے سب کے تعارف کا فرض انجام دیا۔۔۔

''۔۔۔ یہ ڈاکٹر اعجاز حسین کی والدہ ہیں۔۔۔ یہ بڑی چچی ہیں۔۔۔ یہ بھاوج۔۔۔ اور یہ بہنیں''۔۔۔

ڈاکٹر اعجاز کا نام کسی تعارف کا محتاج نہیں تھا۔ ماضی کا وہ دبلا پتلا۔۔۔ سوکھا چمرخ لڑکا۔۔۔ جو لگی لئے کبوتر اڑایا کرتا تھا۔ چند ماہ قبل ہی ولایت سے ڈاکٹری کی ڈگری لے کر آیا تھا۔۔۔ اور اپنا مطب کرتا تھا۔۔۔ تندرست، گورا چٹا اسمارٹ سا نوجوان۔۔۔ ڈاکٹر۔۔۔ آنکھوں پر سنہری فریم کا چشمہ لگائے۔۔۔ سوٹ بوٹ پہنے۔۔۔ جب اپنی گاڑی خود ڈرائیو کرتا ہوا بازار سے نکلتا تھا۔۔۔ تو دیکھنے والے رشک کرتے تھے۔ رئیس اور امیر خاندان کے مغرور اور بد دماغ حضرات اس کے ساتھ اپنی بیٹیوں کا رشتہ کرنے کے خواہش مند تھے۔ کوئی اسپتال کھلوانے کا لالچ دے رہا تھا، کوئی کار، کوٹھی اور جہیز کا لالچ دے رہا تھا۔ یہ ساری باتیں رنّو دائی نے بتائی تھیں۔ آج ڈاکٹر اعجاز کی والدہ اپنے بیٹے کا رشتہ لے کر خود حویلی آئی تھیں۔ اونچے گھرانوں کے نکمے اور آوارہ لڑکوں کے مقابلے میں متوسّط خاندان کا یہ اعلیٰ تعلیم یافتہ لڑکا بدرجہا بہتر تھا۔۔۔ جب ڈاکٹر اعجاز کی والدہ نے دستِ سوال دراز کیا تو بیگم۔۔۔ مہ پارہ کی قسمت پر رشک کئے بغیر نہ رہ سکیں۔ وہ اپنی لختِ جگر کے لئے ایسا ہی لڑکا تو چاہتی تھیں۔ لیکن جب انہوں نے بانو کو اپنی بہو بنانے کی خواہش ظاہر کی تو کسی کو اپنے کانوں پر یقین نہیں آیا۔ امّو نے تڑپ کر کہا۔۔۔

''ہماری صاحبزادی کا نام مہ پارہ بیگم ہے۔۔۔ بانو تو۔۔۔''۔۔۔

''ہم جانتے ہیں۔۔۔ اور یہ بھی مانتے ہیں کہ رشتہ اپنے برابر والوں میں ہی کرنا

چاہئے — ہماری یہ اوقات کہاں کہ حویلی والوں کی برابری کریں'' —

اعجاز کی والدہ نے کسرنفسی سے کہا — چچی نے گفتگو آگے بڑھائی۔ ''بیگم صاحبہ — آپ بانو کی سرپرست ہیں۔ اس لئے ہم آپ کے سامنے اپنا دامن پھیلانے حاضر ہوئے ہیں۔ امید ہے کہ ہمیں مایوس نہیں کریں گی'' —

اب کہنے سننے کے لئے باقی کیا رہا تھا۔ سب کچھ آئینے کی طرح صاف تھا — وہ لوگ مہ پارہ کا نہیں — بانو کا رشتہ لائے تھے — بیگم نے بڑے تحمل سے کہا —

''ہم نواب صاحب سے بات کریں گے'' —

''ہماری خواہش ہے کہ رجب کے چاند میں شادی کر دیں'' —

ڈاکٹر اعجاز کی والدہ اور ان کے ساتھ آئی ہوئی خواتین نے دسترخوان پر سجے ہوئے لوازمات کو برائے نام چکھا۔ چاندی کا ورق لگی ہوئی ایک ایک گلوری نوش کی اور کھڑی ہوگئیں۔

''ہمیں اجازت دیجئے۔ آپ کے جواب کا بے چینی سے انتظار رہے گا''

بیگم بڑے حوصلے سے مسکرائیں اور ڈیوڑھی تک جا کر انہیں رخصت کیا۔ امّو ابھی تک 'شاک' کی کیفیت میں تھیں۔ بیگم مہمانوں کو پہنچا کر آئیں تو امّو کی خاموشی ٹوٹی۔ آہستہ سے کہا۔ ''ہمیں کیا معلوم تھا کہ ہم ایک ناگن کو دودھ پلا رہے ہیں۔ جو موقع ملتے ہی ہمیں ڈس لے گی۔'' —

''ایسا نہ کہو امّو — یہ سب قسمت کے کھیل ہیں۔ اور قسمت اوپر والا بناتا ہے — ہم نہیں بناتے'' —

بیگم کی اعلیٰ ظرفی نے امّو کی زبان بند کر دی —

صولت نواب تو بانو کا نام سنتے ہی آپے سے باہر ہوگئے۔ ''ان کے ٹکڑوں پر پلنے والی ایک لاوارث لڑکی ان کی مہ پارہ کے مقابلے پر آنے کی جرأت کرے گی — یہ وہ کیسے برداشت کرتے — گرج کر بولے —

''وہ — وہ موری کی اینٹ اس لائق کب ہے کہ ڈاکٹر اعجاز کے چوبارے کی

زینت بنے— آپ نے انہیں اس کی اصلیت بتائی ہوتی—"—

"وہ لوگ اس کی اصلیت اچھی طرح جانتے ہیں"—

بیگم کو میاں کی دھاندلی پسند نہیں آئی—

"ہم اس دو ٹکے کی چھوکری کو اپنی بیٹی کے حق پر ڈاکہ نہیں ڈالنے دیں گے"—

صولت نواب بہت طیش میں تھے—

"آپ کس حق کی بات کر رہے ہیں؟— اور یہ حق آپ کو کس نے دیا ہے؟— معاف کیجئے گا کیا میں پوچھ سکتی ہوں کہ "یہ، اور اس جیسی اور بھی کئی موری کی اینٹیں کہاں سے آئیں؟— انہیں جنم دینے والے بھی تو آپ ہی جیسے لوگ ہوتے ہیں۔ اکثر و بیشتر تو آپ کو یہ بھی پتہ نہیں ہوتا کہ موری کی یہ اینٹیں، کس گٹر یا نابدان کی زینت بن کر اپنے نصیبوں کو روتی ہیں۔ ہر ایک کی قسمت بانو جیسی نہیں ہوتی۔ خدا کا شکر ہے کہ ڈاکٹر اعجاز نے اسے اپنانے کا فیصلہ کیا— میں آج ہی اعجاز کی والدہ کو اپنی رضامندی سے آگاہ کر دوں گی"

— بیگم ایک عزم سے اٹھیں اور ہوا کے نرم جھونکے کی مانند باہر نکل گئیں۔ صولت نواب کا سر جھکا تو جھکا ہی رہ گیا غلاظت سے لتھڑی ہوئی دیوار ایک ایک اینٹ کر کے ان کی نظروں کے سامنے اونچی ہوتی جا رہی تھی۔

☆☆

پچھتّر برس کی ایک لڑکی

گھر تھا کہ بھان متی کا پٹارہ—

اس گھر میں رہنے والے بھی بڑے عجیب لوگ تھے—ایک ساٹھ پینسٹھ سال کی خاتون تھیں—انہیں سب امّی کہتے تھے—ان کی—چُندھی چُندھی آنکھوں میں تنفّر کا رنگ بہت گہرا تھا—حالانکہ اس تنفّر کی وجہ کسی کو نہیں معلوم تھی۔ ان کے ہونٹ سکوے ہوئے اور بالکل سیاہ تھے—وہ حقّہ اور بیڑی کثرت سی پیتی تھیں—ان کے سیاہی مائل ہونٹ اس قدر سکڑے رہتے تھے کہ ان کا دہانہ نظر نہیں آتا تھا— کبھی کبھی یہ دہانہ پورا کھُل جاتا تھا۔ اور اس کھلے ہوئے دہانے سے گالیاں آتش فشاں کے لاوے کی مانند اُبلتی تھیں کہ سننے والے کانوں پر ہاتھ رکھ لیتے تھے۔ جب گلی محلّے کے شریر لڑکے دوپہر کے سناٹے میں دیوار پر چڑھ کر کچے پکّے امرودوں پر ہاتھ صاف کرتے۔ یا شامت کا مارا کوئی بکری کا بچّہ گھر میں آجاتا—تو امّی کی گالیاں کھائے بغیر نہیں جا سکتا تھا—بلکہ ان سب کی سات پشتیں ان گالیوں کی لپیٹ میں آجاتی تھیں—

امّی کی دو بیٹیاں ان کے ساتھ رہتی—بڑی سلامت بیگم اور چھوٹی جوہی بیگم تھیں—سلامت بیگم کا نام سن کر لگتا تھا کہ بڑی منّتوں مرادوں والی ہوں گی—پلوٹھی کی لڑکی ان سے پہلے ہی دنیا میں آچکی تھی—ان کی دفعہ دادا—اور دادی کو پوتا ہونے کا یقین تھا—اور انہوں نے ہونے والے پوتے کا نام سلامت مرزا تجویز کیا تھا۔ جب مرزا کے بجائے، مرزئی، آگئی تو ناچار اس کا نام سلامت بیگم رکھا گیا—دادا—اور دادی تو پوتے کا

ارمان لئے قبر میں جا سوئے۔ کیونکہ امّی کے اوپر تلے چار لڑکیاں ہوئیں پھر میاں کا بھی انتقال ہو گیا — اور سارا قصہ ہی ختم ہو گیا — سلامت بیگم نے بھی اپنے نام کی لاج رکھنے کی ضرورت نہیں سمجھی — ان کے ہاتھوں دوسروں کی سلامتی البتہ خطرے میں پڑ جاتی تھی — جوہی بیگم بہنوں میں سب سے چھوٹی تھیں۔ اور سر سے پاؤں تک اپنے نام کی تفسیر تھیں — جوہی کی ڈالی جیسا سراپا۔ چمپا اور چمیلی کے پھولوں جیسا رنگ، موزوں، مناسب ناک نقشہ اور سب سے بڑھ کر ان کے حُسن کو دو بالا کرنے والے لمبے اور گھنے بال۔ ان کے خوبصورت بالوں کی چوٹی کمر سے نیچے تک آتی تھی — ان کا مزاج نرم اور زبان میں شہد کی سی مٹھاس تھی۔ کچھ تو وہ خود ہی اچھی فطرت کی مالک تھیں۔ ان کی شخصیت کو سنوارنے میں تعلیم کا بھی بڑا ہاتھ تھا — ان کی کسی بہن نے اسکول کا مُنہ نہیں دیکھا تھا — اپنے گھر میں وہ پہلی لڑکی تھیں — جو اسکول جاتی تھیں — کبھی کبھی سب سے بڑی بہن ماں بہنوں سے ملنے آجاتی تھیں — وہ کسی دور پرے کے محلّے میں بیاہی تھیں — انہیں اپنے پختہ گھر پر بڑا ناز تھا۔ ان کی بیٹیاں تقریباً جوہی بیگم کی ہم عمر تھیں جو اسکول اور کالج جاتی تھیں اور پردے کی قید سے آزاد تھیں۔ جبکہ اچھے اچھے گھروں کی لڑکیاں بھی اس زمانے میں پردہ چھوڑنے کی ہمت نہیں کرتی تھیں۔ امّی اکثر نواسیوں کی بے پردگی اور فیشن پر لعن طعن کرتی تھیں۔ اس لئے وہ مہینوں۔ برسوں ننیھال کی شکل نہیں دیکھتی تھیں۔ امّی کا مختصر سا گھر دراصل ایک کشادہ مکان کا حصّہ تھا۔ صحن کے بیچ میں دیوار اٹھا کر اسے علیحدہ گھر کی شکل دے دی گئی تھی۔

آمد و رفت کے لئے دیوار میں ایک کھڑکی تھی۔ جو ہر وقت کھُلی رہتی تھی۔ مکان کا دوسرا حصّہ نسبتاً کشادہ تھا۔ اس حصّے میں باجی اور دولہا بھائی رہتے تھے۔ یہ باجی کے والد کا مکان تھا۔ جو امّی کے چھوٹے بھائی تھے —

اس نے ہوش سنبھالا تو باجی کو تلے اوپر کے بچّوں میں مصروف دیکھا — باجی کی عمر زیادہ نہیں تھی — انہیں دیکھ کر لگتا تھا کہ ان کی شادی کم عمری میں ہی ہو گئی تھی — کیونکہ وہ کہیں سے اتنے بچوں کی ماں نہیں لگتی تھیں۔ ان کا رنگ کھلتا ہوا گندمی تھا — مناسب ناک نقشہ اور موزوں قد و قامت کے ساتھ بلا کی جامہ زیب تھیں — مزاج کا دھیما پن ان کی

فطری شرافت اور نیکی کا غماز تھا—ان کی شخصیت کو نکھارنے میں اس مسکراہٹ کا بڑا ہاتھ تھا جو ہر وقت ان کے پتلے پتلے لبوں پر کھیلتی رہتی تھی—اس مسکراہٹ میں آسودگی کا عنصر اس لئے نہیں تھا کہ وہ مالی طور پر بہت مطمئن تھیں—یہ پُرکشش مسکراہٹ ان کی قناعت پسندی کی رہینِ منّت تھی۔ دولہا بھائی ایک کالج میں ٹیچر تھے—ان کا تعلّق گاؤں سے تھا۔ جہاں ان کا آبائی مکان تھا۔ ملازمت کی وجہ سے شہر میں رہائش اختیار کرنا پڑی تو ساس اور سُسر کے اصرار پر انہوں نے اپنی ضرورت کے مطابق سُسرال میں ہی پختہ کمرہ، برآمدہ، باورچی خانہ اور غُسل خانہ وغیرہ تعمیر کرالیا۔ مکان میں بجلی اور پانی کی سہولت بھی تھی۔ محلّے کے اور گھروں کے مقابلے میں باجی کا گھر بہت اچھا تھا—

جو ہی بیگم کی دیکھا دیکھی آس پڑوس کی لڑکیاں بھی انہیں باجی کہتی تھیں۔ اور ان کے شوہر کو دولہا بھائی کہہ کر مخاطب کرتی تھیں سب کی نقل میں وہ بھی انہیں باجی اور دولہا بھائی کہنے لگی—نہ کسی نے اسے ٹوکا اور نہ ہی اس نے کبھی اس بات پر غور کیا کہ اس کا رشتہ ان سے کتنا گہرا ہے۔

باجی ہر وقت کسی نہ کسی کام میں مصروف رہتی تھیں ابھی چولہے پر ہانڈی چڑھائی—اور لپک کر برآمدے کے کچے فرش پر بچھی ہوئی دری پر احتیاط سے پھیلائے ہوئے لحاف میں ایک آدھ ڈورے کی لائین بھی ڈال آئیں—رات میں بچّوں کو سلانے کے بعد اُون اور سلائیاں لے کر بیٹھ گئیں—اور سوئٹر کا آدھا پلّا بُن ڈالا—دن میں کام سے فرصت پا کر سِلائی مشین لے کر بیٹھ جاتیں—دولہا بھائی کی شیروانی اور قمیض کے علاوہ سارے کپڑے وہ خود سیتی تھیں۔ تکیہ غلافوں پر ڈی۔ایم سی کی رنگین لچّھیوں سے خوبصورت بیل بُوٹے کاڑھتیں۔ جن کی جھالر کروشیا کی نازک بیل سے بنی ہوتی۔ گھر کا سارا کام وہ خود کرتی تھیں۔ چھوٹے بچّوں کی دیکھ بھال کے لئے ایک لڑکی ملازم رہتی تھی۔ اوپر کے کام کے لئے پُرانے خانساماں حیدر علی دونوں وقت آتے تھے—وہ برتن دھونے اور مصالحہ پیسنے کی خدمت انجام دیتے تھے۔ ایک وقت کا کھانا اور دو روپے ماہوار تنخواہ پر وہ کئی گھروں میں کام کرتے تھے—باجی سرِ شام کھانا تیار کر لیتی تھیں—حیدر علی سالن کا کٹورہ اور تین

چپاتیاں لے کر باورچی خانے سے باہر آتے اور اپنا خاصہ نوش کرنا شروع کردیتے۔ اور سالن کی تعریف بھی کرتے جاتے۔ دروازے تک پہنچتے ـــ پہنچتے ان کی دو چپاتیاں ضرور ختم ہو جاتی تھیں ـــ اپنے زمانے میں وہ بہت نامی گرامی خانساماں تھے ـــ آل اولاد کوئی تھی نہیں ـــ وہ باجی سے بہت خوش رہتے تھے۔ کیونکہ وہ دولہا بھائی کے پرانے کپڑے ٹھیک کر کے ان کو دے دیتی تھیں۔ اور جاڑوں میں ان کے دبلے پتلے جسم پر دولہا بھائی کا ڈھیلا ڈھالا سوئیٹر اور کوٹ بھی نظر آتا تھا۔ عید پر باجی ان کا نیا جوڑا ضرور بناتی تھیں بیمار پڑتے تو دوا دارو کے لئے پیسے الگ سے دیتی تھیں۔ آخر ان کے دادا کے زمانے کے خانساماں جو تھے ـــ

اسے باجی کے بچے ذرا بھی اچھے نہیں لگتے تھے ـــ اسے ان کا باجی سے چمٹا رہنا بھی پسند نہیں تھا ـــ باجی اگر اس سے بچّوں کا کوئی چھوٹا موٹا کام کرنے کے لئے کہتیں تو وہ صاف ٹال جاتی تھی ـــ اسے گھر بھر میں صرف دولہا بھائی اچھے لگتے تھے ـــ باجی بھی بُری نہیں لگتی تھیں ـــ لیکن دولہا بھائی کی بات دوسری تھی ـــ ان کا اونچا قد ـــ بھرا بھرا جسم، گندمی رنگت، تیکھی ناک، ذہین آنکھیں، ان کی قابلیت کل ملا کر وہ بے حد باوقار لگتے تھے ـــ ان کا لباس بے حد سادہ ہوتا تھا ـــ گرمی میں باہر جاتے تو سفید بر کا پاجامہ، قمیض، اور سوتی شیروانی اور ٹوپی پہنتے تھے ـــ گھر میں رہتے تو تنزیب کا سفید کرتا اور پاجامہ استعمال کرتے تھے ـــ جاڑوں میں گرم شیروانی اور ٹوپی کے علاوہ باجی کے ہاتھ کا بُنا ہوا بغیر آستین کا سوئیٹر بھی پہنتے تھے ـــ شوز ہمیشہ براؤن پہنتے تھے ـــ کالے شوز کبھی نہیں پہنتے تھے ـــ کیونکہ ان کی والدہ نے سختی سے منع کر رکھا تھا ـــ دولہا بھائی اپنی والدہ کا کوئی حکم نہیں ٹالتے تھے ـــ ان کا کالج گھر سے بہت دور تھا ـــ اُن دنوں صرف یکّے اور تانگے چلتے تھے۔ وہ ایک آنہ دے کر یکّے یا تانگے پر بیٹھ کر گول چوراہے تک جاتے تھے ـــ وہاں سے دوسرے تانگے پر بیٹھ کر قیصر باغ کے چوراہے پر اتر جاتے۔ تانگے والا فی سواری کے حساب سے کرایہ لیتا تھا۔ اور کئی سواریاں بٹھاتا تھا ـــ اس کو بھی اچھی اُجرت مل جاتی تھی ـــ اور سواریاں بھی کم پیسوں میں اپنی منزل پر پہنچ جاتی تھیں ـــ قیصر باغ کے

چوراہے سے دولہا بھائی کا کالج بہت قریب تھا— کچھ عرصے کے بعد سرکاری بسیں چلنے لگیں تو تھوڑی آسانی ہوگئی— دولہا بھائی کی تنخواہ زیادہ نہیں تھی۔ دادی فصل پر دالیں، چاول، دیسی گھی اور گڑ کی بھیلی بھجواتی تھیں۔ آم کی فصل ہوتی تو اسکول اور کالج میں گرمیوں کی تعطیل بھی ہوتی تھی— سب لوگ جی بھر کے آم کھاتے تھے— دولہا بھائی نے ماں سے کبھی آموں کی فصل کا حساب کتاب نہیں لیا تھا— اور نہ ہی ان کے کسی معاملے میں دخل دیا— زمینداروں میں بیٹی کو زمین جائداد میں حصہ دینے کا رواج نہیں تھا۔ تا کہ زمینداری تقسیم در تقسیم سے محفوظ ہے دولہا بھائی کے والد نے گاؤں میں کئی مکانات بنوائے— باغات لگوائے، کاشت کے لئے زمینیں خریدیں، بیوی کی محبت میں انہوں نے سسرال کو اپنا وطن بنالیا— لیکن سسرال کے ایک پیسے کا احسان نہیں لیا۔ سب کچھ اپنی آمدنی سے بنایا— اور اپنی چہیتی بیوی کو زمیندارنی بنا دیا— انہیں خود زمینوں کا کوئی تجربہ نہیں تھا— کیونکہ وہ اعلیٰ تعلیم یافتہ انسان تھے— اور نامی گرامی کالجوں میں پروفیسر کے عہدے پر فائز رہے تھے۔

دولہا بھائی اپنے بچّوں کی تعلیم میں خصوصی دلچسپی لیتے تھے۔ اس کی پڑھائی پر کچھ زیادہ ہی دھیان دیتے تھے— شاید اس لئے کہ وہ سب سے بڑی تھی— دوستوں سے گفتگو کے دوران بار بار دولہا بھائی کا ذکر آتا تھا— ایک دن اس کی دوست نے چڑ کر کہا—

''تمہارے دولہا بھائی ہر بات میں اتنا دخل کیوں دیتے ہیں—؟''

میرے دولہا بھائی تو کبھی کچھ نہیں کہتے''—

''کیونکہ وہ میرے ابا ہیں— ''اس نے بڑے فخر سے کہا—

''ہیں''؟— دوست کا منہ کھلا کا کھلا رہ گیا—

''ہاں— وہ میرے ابا ہیں— اور باجی میری اماں ہیں''—

''تم انہیں اماں اور ابا کیوں نہیں کہتیں—؟''—

''بس بچپن سے عادت پڑ گئی— جو ہی خالہ کی وجہ—''

''تو اب کہا کرو— ''دوست نے اس کا ہاتھ تھام کر کہا—

''شرم آتی ہے''— اس کا سر جھک گیا

''اماں کو باجی اور ابا کو دولہا بھائی کہتے شرم نہیں آتی ؟''
اس سوال کا اس کے پاس کوئی جواب نہیں تھا۔
اس نے جو ہی خالہ کو ٹھیلے پر اسکول جاتے دیکھا تھا — اب ویسے ہی ٹھیلے پر وہ بھی اسکول جاتی تھی — لکڑی کا ڈبّے نما ٹھیلا — جس کے تین طرف نمک پارے کے ڈیزائن کی لوہے کی جالی لگی تھی — اور جالی میں اندر کی طرف نیلے رنگ کے موٹے پردے پڑے تھے — اگلے حصّے میں یکّے اور تانگے کی طرح دو مضبوط لکڑیاں لگی تھیں۔ جنہیں بَم کہتے تھے — اور بھینسا گاڑیوں کی طرح ان لکڑیوں کے دونوں سروں پر موٹی سی رسّی باندھی جاتی تھی۔ جس کو ایک کہار اپنے سینے کے سہارے زور لگا کر کھینچتا تھا — اور دو کہار پیچھے سے ٹھیلے کو دھکّا دیتے تھے — بالکل جانوروں کی طرح ٹھیلے میں جُتے ہوئے کہار ٹھیلا کھینچتے ہوئے اسکول تک لڑکیوں کو پہنچاتے تھے — یہ کہار اتنے چوکس رہتے تھے — کہ کیا مجال ہے کہ لڑکیاں پردہ ہٹا کر باہر جھانک لیں — لڑکیاں بھی ان سے ڈرتی تھیں — پھر ایک دن ٹھیلے کا یہ تکلیف دہ سفر ختم ہو گیا۔ کالج میں تین نئی بسیں آ گئیں۔ لیکن بَسوں میں بھی پردے کا اہتمام بدستور تھا۔ البتہ جن محلّوں میں بسیں نہیں جا سکتی تھیں۔ وہاں اب بھی ٹھیلے جاتے تھے۔ یا پھر لڑکیاں گھر سے بُرقعہ اوڑھ کر گلیاں عبور کر کے سڑک تک آتی تھیں۔ اور بس میں بیٹھ جاتی تھیں — زمانہ تھوڑا بدلا تھا اور ٹھنڈی ہواؤں کے جھونکے زندگی کی گھٹن کو کم کر رہے تھے —

وہ تیسرے کلاس میں تھی — دولہا بھائی نے ایک دن باجی سے کہا —
''کل شام کو اپنی بیٹی کو تیار کر دینا۔ مسٹر جانسن نے بلایا ہے''۔
باجی نے حیرت سے پوچھا —
'کیوں بلایا ہے؟'' —
''انہیں یہ جان کر خوشی ہوئی کہ میری بیٹی اسکول جاتی ہے۔ یہ لوگ سمجھتے ہیں کہ مسلمانوں کی لڑکیاں نہیں پڑھتیں'' —
دولہا بھائی نے بڑے فخر سے کہا۔ وہ مسٹر جانسن کو اردو پڑھاتے تھے — مسٹر

جانسن ملٹری اسپتال میں ڈاکٹر تھے۔اور نسلاً عیسائی تھے۔

باجی نے اسے ایک خوبصورت فراک پہنائی۔ بالوں میں سُرخ ربن لگائے۔ شُوز کو پالش سے چمکایا۔ نئے موزے پہنائے — محلّے کے تانگے والے جلائی سے صدر تک آنے جانے کا کرایہ دو روپے طے ہوا — وہ خوش خوش تانگے کی اگلی سیٹ پر بیٹھ گئی دولہا بھائی پچھلی سیٹ پر بیٹھے — اور جلائی نے پائے دان کے اوپر والا حصّہ سنبھالا — اور بسمہ اللہ کہہ کر گھوڑے کو چابک ماری — گھوڑا کیا چھوٹی سی گھوڑی تھی — لیکن بلا کی پھرتیلی تھی — پہلی بار اسے تانگے کی سواری کا مزہ ملا تھا۔گھر والوں کے ساتھ تو کئی بار بیٹھنے کا موقع ملا تھا۔لیکن اس طرح کہ تانگے میں پردہ بندھا تھا۔اور باہر کا نظارہ دیکھنا نصیب نہیں ہوا تھا —

بنگلے کے گیٹ کے اندر تانگہ داخل ہوا۔اور سُرخ بجری والی سڑک عبور کر کے سیدھا پورٹیکو میں رکا۔میاں جلائی کی گھوڑی ایسا سرپٹ دوڑی تھی کہ لگتا تھا کہ ہوا سے باتیں کر رہی ہے۔ایک ملازم نے انہیں لے جا کر بیٹھک میں بٹھایا۔اور مسز جانسن کو ان کی آمد کی اطلاع دینے چلا گیا۔وہ بڑی حیرت سے بیٹھک کی ایک ایک چیز دیکھ رہی تھی۔گدّے دار کاؤچ اور چینی کے گل دان، جن میں تازہ پھولوں کے گلدستے سجے تھے — خوبصورت پردے، آتشدان پر سجی ہوئی تصویریں، دیواروں پر لگی ہوئی پینٹنگز، ایک گوشے میں پیانو رکھا تھا۔اور کارنر پر پیتل کے شمعدان میں موم بتّیاں لگی تھیں۔ایک دیوار میں عیسیٰ مسیح اور حضرت مریم کی تصویریں آویزاں تھیں۔اسے خاص طور پر وہ تصویر پسند آئی جس میں حضرت مریم ننھے مسیح کو گود میں لئے تھیں۔اور نُور کا ہالہ ان کی عظمت میں چار چاند لگا رہا تھا۔

پھولدار پردہ ہٹا کر مسز جانسن اندر آئیں۔ دولہا بھائی نے کھڑے ہو کر انہیں تعظیم دی — ان کی تقلید میں وہ بھی کھڑی ہوگئی اور ''گڈ ایوننگ'' کہا — مسز جانسن نے پیار سے اس کے سر پر ہاتھ رکھا اور اس کا بازو تھام کر اپنے پاس بٹھا لیا — دولہا بھائی سے کہا —

''ماسٹر صاحب! آپ کی بچّی تو بہت پیاری ہے'' —

جواباً وہ مسکرائے اور 'تھینک یُو' کہا — مسز جانسن بہت پیار سے اس سے باتیں

کرتی رہیں — اس کی پڑھائی کے بارے میں پوچھا اس کو کون سا کھیل پسند ہے۔ چھوٹے چھوٹے عام سے سوالات اسے وہ بہت اچھی لگیں۔ خاص طور سے ان کا لباس جو ہلکے رنگ کی ساڑی اور بلاؤز پر مشتمل تھا۔ بالوں کا جوڑا بندھا تھا۔ جبکہ اس کے اسکول کی کرسچین ٹیچریں اسکرٹ بلاؤز اور فراک پہنتی تھیں۔ اور ان کے بال کٹے ہوئے تھے —

باوردی بیرا ناشتے کی ٹرالی لے کر آیا — مسز جانسن نے ان کے لئے خود کافی بنائی، اور کیک پیسٹری سے ان کی تواضع کی دولہا بھائی نے جانے کی اجازت مانگی تو مسز جانسن نے گھنٹی بجائی۔ وہی بیرہ ایک خوبصورت سا پیکٹ لے کر آیا۔ انہوں نے وہ پیکٹ اسے تھما دیا — مسکرا کر کہا —

''یہ گفٹ تمہارے لئے ہے'' —

اس نے دولہا بھائی کو دیکھا — انہوں نے سر ہلا کر گویا اسے اجازت دی اور اس نے 'تھینک یو' کہہ کر پیکٹ لے لیا۔ مسز جانسن انہیں باہر تک چھوڑنے آئیں — راستے بھر وہ پیکٹ سنبھالے رہی گلابی ربن میں بندھا ہوا ڈبہ کھولنے کے لئے اس کا دل مچل رہا تھا — گھر پہنچ کر اس نے باجی کو وہ پیکٹ دے دیا — اس میں ڈھیر ساری چاکلیٹ اور ٹافیاں تھیں — دولہا بھائی بتا رہے تھے کہ مسز جانسن کے کوئی اولاد نہیں ہے۔ تو اسے یہ جان کر بہت دُکھ ہوا وہ چوتھی کلاس میں تھی جب ایک دن خبر ملی کہ ہندوستان آزاد ہو گیا ہے۔ یوں تو آئے دن ملک کی آزادی کی باتیں سُننے میں آتی تھیں — انگریزوں کے خلاف ملک بھر میں جلسے، جلوس، تقریریں، اور کہیں کہیں سے لڑائی جھگڑے کی خبریں آتی رہی تھیں۔ بار بار گاندھی جی اور نہرو جی وغیرہ کے نام اور کام کا تذکرہ ہوتا تھا۔ انگریزوں کی غلامی سے ملک کا آزاد ہونا تو خوشی کی بات تھی لیکن جو خون خرابا ہوا — وہ بہت تکلیف دہ تھا — پھر ملک کے دو ٹکڑے ہو گئے اور ایک نیا ملک پاکستان وجود میں آ گیا مسلمان بڑے جوش و خروش سے پاکستان جا رہے تھے — اور اس کی سمجھ میں نہیں آ رہا تھا کہ جب انگریز چلے گئے۔ ملک آزاد ہو گیا۔ تو پاکستان بننے کی کیا ضرورت تھی — اور مسلمان اپنا گھر بار چھوڑ کر کیوں جا رہے ہیں؟۔ یہ تو اچھا ہوا کہ دولہا بھائی نے جانے سے صاف انکار کر دیا۔ خود اس کے کتنے عزیز

اور رشتے دار چلے گئے تھے۔ وہ ان کے فیصلے سے بہت خوش تھی۔ کیونکہ اپنا گھر اور اپنا اسکول چھوڑ کر وہ کہیں نہیں جانا چاہتی تھی —— آزادی کی خوشی میں اسے بھی انعام ملا۔ چوتھے کلاس کو پرموشن دے کر ایک دم سے چھٹے کلاس میں چڑھا دیا گیا۔ پڑھائی شروع ہوئی تو پہلا جھٹکا اس وقت لگا جب یہ پتہ چلا کہ ان کے کورس سے اردو ختم کر کے اس کی جگہ ابتدائی ہندی کی کتاب پڑھائی جائے گی۔ چلو ہندی پڑھنے میں تو کوئی حرج نہیں ہے —— لیکن اردو کیوں ختم کی گئی۔ اس نے بیک ریڈر کی چوتھی کتاب کورس میں پڑھی تھی —— یہ دوسری بات تھی کہ گھر پر مولوی صاحب نے کلام پاک کے ساتھ اسمٰعیل میرٹھی کی کئی کتابیں اسے پڑھائی تھیں —— لیکن اسکول کی پڑھائی —— تختی کو ملتانی مٹی سے پوت کر —— کلک کے قلم کو سیاہ داوات (روشنائی) میں ڈبو کر اردو لکھنے کا الگ ہی مزہ تھا۔ اسے اردو ختم ہونے کا بہت صدمہ تھا——

گرمی کی چھٹیوں میں وہ لوگ ہر سال گاؤں جاتے تھے —— گاؤں جانے کی خوشی کی دو وجوہات تھیں —— ایک تو اپنے باغوں کے آم جی بھر کے کھانے کو ملتے تھے۔ دوسری دلچسپی دادا مرحوم کے کتب خانہ سے تھی۔ جو رہائشی کان سے ملحق ایک وسیع بنگلے میں تھا —— جس میں ہزاروں کتابوں کا ذخیرہ موجود تھا —— وہ دولہا بھائی کے ساتھ مل کر کتابوں کی جھاڑ پونچھ کرتی۔ انہیں ترتیب سے شیلف اور الماریوں میں لگاتی —— اور اپنے مطلب کی کتابیں تلاش کر کے پڑھنے کے لئے لاتی۔ گرمی کی طویل دوپہریں۔ نیم روشن بروٹھے میں کھرّی چارپائی پر لیٹ کر کتابیں پڑھنے میں گزرتیں اس نے دادا مرحوم کے کتب خانہ سے چُن چُن کر داستانیں قصے اور کہانیاں پڑھیں —— پھر اصلاحی ناولوں کی باری آئی جس کا فائدہ یہ ہوا کہ اکی اردو کی قابلیت میں اضافہ ہوا —— نویں کلاس میں پہنچی تو لائبریری کا کارڈ پا کر بے انتہا خوشی ہوئی کہ اب اسے سال بھر تک گاؤں جانے کا انتظار نہیں کرنا پڑے گا۔ وہ بڑی آسانی سے اپنی پسندیدہ کتابیں پڑھ سکتی تھی۔ اس نے اختیاری مضمون کی حیثیت سے اردو لی تھی۔ پڑھنے کے ساتھ ساتھ اسے لکھنے کا شوق بھی تھا۔ گھر میں کسی کو اس کے شوق کا علم نہیں تھا۔ اس نے بھی کسی کو کچھ نہیں بتایا تھا —— لیکن وہ زیادہ دن اپنے شوق کو نہ دبا

سکی — اس نے بڑی محنت سے ایک کہانی لکھی۔

اور کہانی لے کر پڑوس میں اجمل بھائی کے پاس پہنچ گئی — وہ ایک مقامی اخبار میں کاتب تھے — اور خود بھی شاعر تھے — اجمل بھائی اپنی مخصوص چوکی پر بیٹھے تھے — ان کے زانوؤں پر لکڑی کا تختہ رکھا تھا۔ جس پر زرد رنگ کا سیاہ لائنوں والا کاغذ کلپ کی مدد سے لگا تھا اور وہ کلک کے قلم کو سیاہ دادات (روشنائی) میں ڈبو کر بڑے انہماک سے کسی مضمون کی کتابت کر رہے تھے۔ اس نے جاتے ہی بم داغا —

"اجمل بھائی میں نے کہانی لکھی ہے" —

"ہئیں؟" — وہ اچھل پڑے اور قلم ان کے ہاتھ سے چھوٹ کر الگ جا گرا — غنیمت یہ ہوا کہ مضمون بچ گیا —

"کیا کہا؟" — انہیں شاید اپنی سماعت پر یقین نہیں آیا تھا —

"میں نے کہانی لکھی ہے آپ اسے اپنے اخبار میں چھپوا دیجئے" — اس نے کہانی کے اوراق ان کی طرف بڑھا دیئے۔ انہوں نے بادل نخواستہ کاغذ تھامے اُلٹ پلٹ کر بے یقینی سے پوچھا —

"یہ تم نے لکھی ہے؟" اسے ہنسی آ گئی — بڑے فخر سے اترا کر بولی —

"ہاں میں نے لکھی ہے" —

اجمل بھائی نے کہانی پڑھ ڈالی — پھر کہا —

"یہ بتاؤ کہ تم نے کہانی بڑوں کے لئے لکھی ہے — یا بچوں کے لئے؟" —

"کیا مطلب؟" — وہ بھنا ہی تو گئی۔

"بھئی تم نے بڑی محنت سے پڑھنے والوں کو بے وقوف بنانے کی کوشش کی ہے۔ آخر میں حال کھلتا ہے کہ جسے ہیروئن بنا کر پیش کیا گیا وہ دراصل ایک بلی ہے۔ یعنی وہ کون تھی" —

اسے بڑا غصہ آیا — تنک کر کہا —

واہ! یہ ہی تو اس کہانی کی خوبی ہے کہ آخر تک سسپنس بنا رہتا ہے" —

''واہ— کیا کہنا آپ کی خوبی کا— تم ایسا کرو کہ فی الحال بچّوں کے لئے کہانیاں لکھو۔ ابھی تم ذہنی طور پر بالغ نہیں ہوئی ہو—'' اجمل بھائی نے فیصلہ سنا دیا—

پہلے یہ کہانی چھپوایئے—پھر کچھ اور لکھوں گی''—

اس نے بھی ہٹ دھرمی سے کہا— اجمل بھائی نے کہانی رکھ لی۔ کہانی چھپ گئی۔ اپنا نام اخبار کے صفحے پر چھپا دیکھ کر اسے بہت خوشی ہوئی— اس نے بھی اپنا وعدہ نبھایا۔ بچّوں کے لئے کہانیاں لکھیں— ''خواتین کا گوشہ'' کے لئے ہوم سائنس کی کاپی کے سارے نوٹس تھوڑے ردّ و بدل کے بعد بطور مضمون اپنے نام سے چھپوا دیئے— پھر ایک افسانہ لکھا— اور فرضی نام سے ایک مشہور رسالے کو بھیج دیا۔ ایڈریس بھی اجمل بھائی کا دے دیا۔ ان کی اجازت سے— افسانہ شائع ہو گیا— رسالہ بھی آ گیا— اور وہ با قاعدہ افسانہ نگار بن گئی۔ یہ اس کا اپنا خیال تھا۔ پھر یہ سلسلہ باقاعدگی سے چل نکلا۔ مختلف رسائل میں مختلف ناموں سے افسانے شائع ہونے لگے— ایڈیٹروں کے تعریفی خطوط کے ساتھ افسانوں کی فرمائش ہونے لگی۔ ایک دن اجمل بھائی کا چھوٹا بیٹا ایک پوسٹ کارڈ لے کر آیا— دولہا بھائی سامنے ہی بیٹھے تھے— اس نے پوسٹ کارڈ ان کی طرف بڑھا کر کہا—

''بجّو کا تھت (خط) اور خط انہیں تھما کر بھاگ گیا اس کے دیوتا کوچ کر گئے۔ انہوں نے خط کی سطروں پر سرسری نظر ڈالی۔ اس سے پوچھا—

''یہ نازنین شگفتہ کون ہیں؟''—

''وہ— وہ اجمل بھائی کی سالی ہیں نا تارا باجی! وہ اس نام سے کہانیاں لکھتی ہیں''—

اس نے ہکلا کر بتایا۔ دولہا بھائی نے پوسٹ کارڈ اس کی طرف بڑھا دیا۔ اس کی جان میں جان آئی— پوسٹ کارڈ لے کر سیدھی اجمل بھائی کے گھر پہنچ گئی۔ معلوم ہوا کہ یہ حرکت خود تارا باجی کی تھی—

ہائی اسکول کا رزلٹ آیا تو وہ سکنڈ ڈویزن پاس ہو گئی تھی۔ مارے خوشی کے وہ باجی سے لپٹ گئی—

''امّاں! میں پاس ہوگئی''—

پہلی بار انہوں نے اس کے منہ سے امّاں کا لفظ سنا تھا۔سُن کر وہ ایسا شرمائیں جیسے پہلی بار 'ماں' بنی ہوں— اسے محسوس ہوا کہ اس لفظ میں کیسی اپنائیت— کیسی حلاوت اور کتنا پیار ہے— پھر وہ دولہا بھائی کو بھی ابا کہنے لگی۔ وہ تو تھے ہی ابا۔ انہوں نے کسی ردِعمل کا اظہار نہیں کیا۔ ایک فرق اور آیا— وہ اپنے چھوٹے بھائیوں اور بہنوں سے بھی پیار کرنے لگی— پیار تو وہ پہلے بھی کرتی تھی۔ بس اظہار نہیں کرتی تھی— کل تک وہ باجی کے بچّے تھے۔ اب وہ اس کی اماں کے بچّے تھے۔ اگر وہ کسی سے کہتی تو اس کا خوب مذاق بنتا— 'مارک شیٹ' ملی۔ تو اسے یہ دیکھ کر بے انتہا خوشی ہوئی کہ اسے اردو میں امتیازی نمبر ملے تھے۔ اسے چند نمبروں سے اپنا فرسٹ کلاس کھونے کا ذرا بھی غم نہ تھا۔ ابا نے اس کے نمبر دیکھ کر کہا—

''یقیناً ممتحن صاحب کی تمہاری جیسی کوئی لڑکی ہوگی— جس نے امتیازی نمبر دینے کی سفارش کی ہوگی— ورنہ لٹیریچر میں اتنے نمبر کہاں ملتے ہیں''—

اس نے ابا کے ریمارک کا بُرا نہیں مانا— دراصل ابا کو ہر سال ہائی اسکول اور انٹر میجیٹ بورڈ کی اردو کی کاپیاں جانچنے کے لئے ملتی تھیں۔ اور وہ ان کے پاس بیٹھ جاتی تھی— اور فیل ہونے والے طلباء کے نمبر ضِد کر کے بڑھواتی تھی— کئی بار اس نے سوالوں کے جوابات تک ابا سے چھپا کر لکھے تھے— اسے اکثر ابا کی ڈانٹ بھی کھانا پڑتی تھی لیکن اسے سب کچھ گوارا تھا—

ہائی اسکول کے بعد اس کی شادی ہوگئی۔ یہ ایک ایسا المیہ تھا جسے وہ تمام زندگی فراموش نہ کرسکی— اب وہ اپنے نام سے افسانے لکھنے لگی تھی۔ اس کا پہلا ناول شائع ہوا تو اس نے اس کا انتساب ابا کے نام کیا— ابا بہت خوش ہوئے۔ اور پہلی بار انہیں پتہ چلا کہ ان کی بیٹی، ادیب، بن گئی ہے۔ اس کا دوسرا ناول شائع ہوا تو اس کا انتساب بھی ابا کے نام تھا۔ لیکن اس بار ان کے نام کے آگے مرحوم لکھا تھا— اس دن وہ بہت روئی تھی— بھائی بہن زیرِ تعلیم تھے۔ اس سے چھوٹا بھائی نیا نیا ملازمت میں آیا تھا— وہ ماں کا سہارا بن گیا—

چھوٹے بھائی بہنوں کو باپ کی کمی محسوس نہیں ہونے دی — ان کی پرورش تعلیم — شادی بیاہ — ساری ذمے داریاں اس نے بھائی نہیں، باپ بن کر نبھائیں — وہ کسی کے لئے کچھ نہ کر سکی۔ اپنی مجبوری پر کُڑھنے کے سوا وہ کچھ کر بھی نہیں سکتی تھی۔

خاتمہ زمینداری نے گاؤں کی زمین تو پہلے ہی ہڑپ کر لی تھیں۔ کچھ سیر کی زمین ہی بچ گئی تھی۔ جو بٹائی پر دے دی گئی تھی۔ جب کوئی دیکھنے والا نہ ہو تو نقصان ہی ہاتھ آتا ہے۔ باغوں کی برائے نام سالانہ آمدنی رہ گئی تھی۔ کیونکہ اب باغ بھی چوتھی حصے پر دے دیئے گئے تھے — یعنی روپے میں تین حصے رکھوالی کرنے والے کے اور چار آنے مالک کے —

چھوٹے بھائی نے شادی نہیں کی۔ اس کی قربانیاں بے مثال تھیں — اس کے خمیر میں باپ دادا کا اثر بدرجۂ اتم موجود تھا۔ جن ہاتھوں میں قلم ہونا چاہئے تھا۔ ان میں اوزار تھامنا پڑے تاہم اس تضاد کے باوجود فطری میلان نے اس کی صلاحیتوں کو اُجاگر کیا — اور بزرگوں کے نقشِ قدم پر چلتے ہوئے اس نے کئی اصناف میں طبع آزمائی کی — شاعری ہو یا ناول — ترجمہ ہو یا تنقید — مضمون ہو یا تبصرہ اس کے قلم نے اپنا لوہا منوالیا۔ اور وہ جو اس کی صلاحیتوں کی قائل تھی — اپنی دعائیں اس کے نام کر کے خوش تھی۔

زندگی کی پُر خار راہیں طے کرتے ہوئے وہ بہت دور نکل گئی تھی — اس نے اپنے جسم کا سارا خونِ نچوڑ کر اس کی روشنائی بنائی اور اپنی انگلیوں کو اس روشنائی میں ڈبو کر صفحۂ قرطاس پر کچھ نشان ثبت کر دیئے۔ دنیا والوں نے اسے کبھی افسانہ کہا — کبھی ناول مُلک و بیرون ملک اس کے افسانے اور ناولیں شائع ہوتی رہیں۔ انعامات اور اعزازات اس کی جھولی میں جمع ہوتے رہے۔ لیکن اس کی تشنگی برقرار رہی — ایسا نہیں تھا کہ اسے شہرت کی ہوس تھی — بس ایک خلش تھی کہ اس نے کوئی ایسا کارنامہ انجام نہیں دیا تھا۔ جو اس کی شناخت بنتا لکھنا اس کا شوق تھا — سو وہ لکھتی رہی — حالات، حادثات اور دکھوں کی چکّی میں پستے ہوئے اس کا وجود ریزہ ریزہ ہو گیا۔ لیکن اس نے پرواہ نہیں کی۔ پانے سے زیادہ کھونے کا سودا کیا۔ تب بھی اس نے شکوہ نہیں کیا۔ کیونکہ سود و زیاں کا حساب کتاب کرنا اس کی سرشت میں نہیں تھا۔ وہ سدا سے حساب میں کمزور تھی۔ سو سارا حساب کتاب لا حاصل

تھا۔اس کے لئے بس اتنا کافی تھا کہ کچھ لوگ اسے 'جانتے' ہیں۔ساری دنیا سے اپنا آپ منوانا ہو تو اس کے لئے اپنے لہو کا چراغ جلانا پڑتا ہے۔وہ تو پہلے ہی اپنے سارے لہو کی روشنائی بنا کر صفحات پر انڈیل چکی تھی—اب اس کے پاس اپنا کہنے کے لئے کچھ بھی باقی نہیں بچا تھا۔زندگی کا کشکول تو کب کا خالی ہو چکا تھا۔

ماضی کے گلیاروں میں بھٹکتی ہوئی پچھتر برس کی ایک لڑکی نے جب اپنے وجود کے بچے کھچے ریزوں کو جمع کیا تو ایک مُشتِ خاک کے سوا کچھ ہاتھ نہ آیا یہ وہی مُشتِ خاک تھی۔جس سے اس کا وجود تخلیق ہوا تھا۔اور اب خاک—خاک سے ملنے کے انتظار میں تھی— کہ ہر ذی رُوح کا انجام فنا ہے۔باقی رہنے والی ذات تو بس ایک ہی ہے۔وہ جو سب کا رب ہے رب العالمین اور صرف رب العالمین—

☆☆

مَصلوب

شہر کے سب سے مہنگے اور خوبصورت ہوٹل کی وسیع عریض لابی میں وہ بڑے اطمینان سے ایک صوفے پر بیٹھی 'ڈن ہل' کے کش لے رہی تھی — شیفون کی ساڑی کا آنچل اس کے کاندھے سے ڈھلک گیا تھا — اور سلیولیس بلاؤز کے گہرے کٹاؤ سے اس کی دودھیا، گداز بازوؤں کی جھلک جان لیوا حد تک نمایاں تھی — تراشیدہ بالوں کی لٹیں محرابی پیشانی پر بکھری ہوئی تھیں — جنہیں سنوارنے پر اس کی ذرا بھی توجہ نہیں تھی — وہ اپنے ارد گرد کے لوگوں سے تو کیا خود اپنی ذات سے لاپرواہ نظر آ رہی تھی —

ویٹر اس کے سامنے کولڈ ڈرنک رکھ گیا — لیکن وہ سگریٹ کے مرغولوں میں گم تھی — ایک امریکن اس کو 'ہائے' کرتا گزرا تو وہ بھی مسکرا دی۔ بڑی بے باک مسکراہٹ تھی — امریکن اسے ہنس، ہنس کر دیکھتا ہوا باہر چلا گیا — ہوٹل کا عملہ اس کی موجودگی میں بڑا چاق و چوبند نظر آ رہا تھا — جی۔ آر۔ ای، سخت الجھن میں تھا کہ مسٹر کمار کو اس کی آمد کی اطلاع کیسے دے ان کی تاکید تھی کہ انہیں ڈسٹرب، نہ کیا جائے — وہ بے حد اہم میٹنگ میں مصروف ہیں" —

ریسپشن پر اس وقت سناٹا تھا۔ دونوں خوبصورت اور اسمارٹ سی لڑکیاں اپنے سامنے رکھے رجسٹر سے نظریں اٹھا کر اس کو دیکھ لیتی تھیں۔ ان کی نظروں میں اس کے لئے عزت سے زیادہ ترس ہوتا کیا اس لئے کہ اس کا شوہر اپنی سکریٹری مسز لال کے ساتھ ایک 'اہم میٹنگ میں مصروف ہے — ؟ اور وہ — یعنی اس ہوٹل کے مالک کی دھرم پتنی — اس

ہوٹل اور کاروبار کی مالکہ — ایک معمولی ہستی کی طرح ہوٹل کی لابی میں بیٹھی سگریٹیں پھونک رہی ہے —؟

اس کے میک اپ اور قیمتی ساڑی کو دیکھ کر کون کہہ سکتا تھا کہ وہ ایک قابل رحم ہستی ہے۔ لیکن اکثر و بیشتر قیمتی ملبوس کے کفن میں بھی زندہ لعشیں کفنائی جاتی ہیں۔ جبکہ معمولی لباس میں لوگ زندگی کو جیتے ہیں۔ عام لوگوں کی عام سی زندگی کیسی سادہ، کتنی پُرکشش ہوتی ہے۔ جیسے یہ ریسپشنسٹ لڑکیاں — یا پھر بٹلر، شوفر، جمعدار، اور — اور جیسے ہزاروں لاکھوں لوگ — زندہ اور جاندار لوگ —

''راجی — تم کب آئیں؟'' —

کمار اس سے مخاطب تھے۔ ان کے پیچھے مسز لال شرافت اور پوترتا کی دیوی بنی کھڑی تھیں۔

''بس ایسے ہی — ادھر سے گزر رہی تھی تو سوچا ایک نظر تمہارا ہوٹل بھی دیکھ لوں'' —

''اُوپر کیوں نہ آگئیں —؟'' —

''تم کسی ضروری میٹنگ میں مصروف تھے۔ سو میں نے ڈسٹرب نہیں کیا —''

راجی نے ایک نظر فاختہ کی مانند سہمی ہوئی مسز لال پر ڈالی اور مسکرانے لگی — اس مسکراہٹ نے مسز لال کو ہراساں کر دیا۔ اور وہ کمار صاحب سے اجازت لے کر چلی گئی —

کمار نے صفائی پیش کی۔ پتہ نہیں اپنی یا مسز لال کی طرف سے —

''یہ حکم تو جانم دوسروں کے لئے تھا۔ تم یہاں کی مالکہ ہو۔ آؤ — اوپر چلیں'' —

''نہیں — اب میں جاؤں گی'' —

راجی نے سگریٹ ایش ٹرے میں ڈالی۔ کھڑے ہو کر ساڑی کا آنچل سنوارا اور پرس شانے پر لٹکا کر باہر کی طرف بڑھ گئی — کمار گیٹ تک اس کے ساتھ گئے راجی نے اپنی کار اسٹارٹ کی — وہ بھی پلٹے اور لفٹ کی طرف بڑھ گئے۔

''چلو بلا ٹلی — '' کمار نے اطمینان کی سانس لی — '' میں تو سمجھ رہا تھا کہ راجی کوئی تماشہ کھڑا کردے گی — بے چاری مسز لال بھی نروس ہوگئی تھی — یہ راجی دن بہ دن ناقابلِ برداشت ہوتی جارہی ہے لیکن اس کا کوئی علاج بھی تو نہیں ہے — ''

کمار اپنے کمرے میں ایک کرسی پر نیم دراز راجی ہی کے متعلق سوچ رہے تھے کہ انٹرکام کا بزر گنگنانے لگا۔ وہ چونک کر سیدھے ہوگئے۔

''ہاں۔ بولو کیا بات ہے؟''۔ جیسے انہیں پتہ ہو کہ دوسری طرف کون ہوگا۔

''سر! آپ کے لئے کچھ ٹھنڈا لے آؤں؟'' —

دوسری طرف سے پوچھا گیا —

''اوہ شیور (Sure) '' — کمار نے خوش مزاجی سے کہا اور فون رکھ دیا — ان کے لبوں پر مسکراہٹ رقص کررہی تھی —

''یہ عورت وقت کی نبض پہچانتی ہے۔ اور — اور — میری بھی — اسے معلوم رہتا ہے کہ مجھے کب کس چیز کی ضرورت ہے'' —

کمار نے مسز لال کی جی ہی جی میں تعریف کی اور سامنے رکھے کاغذات کو خواہ مخواہ ادھر سے اُدھر رکھنے لگے وہ ہمہ تن مسز لال کے منتظر تھے — جس نے چند مہینے میں ان کو اپنا گرویدہ بنالیا تھا — اور راجی کا برسوں پرانا سحر توڑ دیا تھا —

کمار صاحب اور راجی نے رومانس، محبت اور شادی تک کئی منزلیں سَر کی تھیں۔ دونوں کا تعلق اونچے گھرانوں سے تھا۔ اس لیے ان کی شادی میں کوئی مشکل نہیں ہوئی — نہ ظالم سماج نے روڑے اٹکائے — نہ ذات پات کی دانتا کِل کِل ہوئی — شملہ میں ان دونوں کا رومانس پروان چڑھا — ساتھ جینے — اور شاید ساتھ مرنے کی بھی قسمیں کھائی گئیں — (محبت میں یہ سب کچھ ہونا نہایت ضروری ہے)۔ راجی اپنے کالج کی، بیوٹی کوئن، تھی — تو کمار بھی اپنے کالج کی کرکٹ ٹیم کا کیپٹن اچھا مقرر اور ہونہار طالب علم تھا — دونوں کے والدین کو یہ رشتہ ہر طرح مناسب لگا۔ اور بڑی دھوم دھام سے ان کی شادی ہوگئی۔ مہینوں دونوں ہنی مون مناتے رہے۔ ساری دنیا میں گھومتے پھرے۔ شاپنگ،

تفریح، سیر تماشہ سب سے جی بھر گیا تو گھر واپس آ گئے۔

ابھی ہنی مون سے واپس آئے چند ہی روز ہوئے تھے کہ راجی کو اُلٹیاں شروع ہو گئیں — ڈاکٹر نے مبارک باد دی کہ وہ ماں بننے والی ہے۔ راجی تو سخت پریشان ہوئی۔ اُبھی تو ہنی مون کا نشہ بھی نہیں اترا تھا کہ یہ اُفتاد پڑ گئی۔ کمار بے حد مسرور تھا — جب راجی نے اپنے چاند سے بیٹے کی صورت دیکھی تو اسے ننھے منّے گل گوتھنا سے بچّے پر ٹوٹ کر پیار آیا — وکاس دونوں کی آنکھ کا تارا تھا۔ اگلے برس ریتو آ گئی۔ اور راجی پوری طرح بچّوں میں مصروف ہو گئی —

کمار کے پتا جی اچانک ہارٹ اٹیک میں چل بسے تو بزنس کی ساری ذمے داری اس پر آ پڑی اور وہ بیوی بچوں سے زیادہ کاروبار میں اپنا وقت دینے لگا — راجی جو کمار کی بھر پور محبت اور توجہ کی عادی تھی — اس تبدیلی کو قبول نہ کر سکی — اور اُلجھی اُلجھی رہنے لگی — کئی بار اس نے کمار سے شکوہ کیا — لیکن کمار نے کبھی پیار سے اور کبھی جھڑک کر اسے ٹال دیا۔ اور شاید غلطی یہیں سے شروع ہوئی — دونوں بچّے اسکول جانے لگے تھے — راجی ان کے جانے کے بعد اتنی بڑی کوٹھی میں تنہا رہ جاتی۔ اور کسی بد روح کی طرح بڑے بڑے کمروں اور برآمدوں میں گھوما کرتی۔ اسے نہ کلب کا شوق تھا — نہ پارٹیاں اٹینڈ کرنے کا۔ اور نہ ہی اس کی سہیلیاں تھیں — بس وہ گھر کے کاموں میں خود کو مصروف رکھتی — فرنیچر کی ترتیب بدلتی۔ کمروں کی سیٹنگ تبدیل کرتی — کوٹھی کا ہر گوشہ سجاتی سنوارتی لان میں مالی بابا کے ساتھ مصروف رہتی — نہ جانے کہاں کہاں سے نایاب پودے منگوا کر اس نے لان کو سنوارا — اور ڈھیروں گملے برآمدے میں، سیڑھیوں پر حتیٰ کہ کمروں کے اندر تک سجا دیے۔ لیکن ایک روز یہ کام بھی ختم ہو گیا۔ اس کی دلچسپی رفتہ رفتہ کم ہوتی گئی۔ اور پھر ایک دن وہ آیا جب اس نے گھر کی پرواہ ہی کرنا چھوڑ دی — اور تمام ذمّے داری نوکروں پر ڈال دی —

کمار نے ایک ہوٹل کے پلان پر کام کرنا شروع کیا تو گویا اسے تن بدن کا ہوش نہیں رہا۔ جب تک یہ پلان کاغذ پر رہا اس کی بے چینی نے ڈپریشن کی صورت اختیار کر لی اور جب ساری تیاریوں کے بعد اس نے ہوٹل کی تعمیر کا ٹھیکہ ایک مشہور کنسٹرکشن کمپنی کو

دے دیا تب کہیں جا کر اس کا ذہنی تناؤ کم ہوا۔لیکن مصروفیت اور بڑھ گئی۔وہ اپنے ہوٹل کو شہر کا سب سے خوبصورت اور عالی شان ہوٹل بنانے کے لیے کوشاں تھا۔ اور کم از کم تین ستاروں کا اعزاز حاصل کرنا چاہتا تھا—جیسے جیسے ہوٹل کی تعمیر کا کام مکمل ہو رہا تھا راجی کا اضطراب بڑھتا جا رہا تھا—یہ ہوٹل اس کی سَوت بن گیا تھا۔جس نے کمار کو پوری طرح ہتھیا لیا تھا۔وہ سوچتی کاش زلزلہ آجائے اور ہوٹل زمیں بوس ہو جائے۔یا کوئی ملک انجانے میں اس جگہ بم گرا دے اور سب کچھ تہس نہس ہو جائے۔لیکن اس کی بچکانہ خواہشات کے برعکس ایک دن بڑے ٹھاٹ سے ہوٹل کا افتتاح ہوا، زوردار پارٹی ہوئی شراب اور شباب نے ہر فرق مٹا دیا تھا—یہ جشن آدھی رات تک چلتا رہا—لیکن وہ اس طوفانِ بدتمیزی کو زیادہ دیر برداشت نہ کر سکی اور گھر واپس چلی آئی۔بچے سو چکے تھے۔وہ بھی انہیں کے قریب لیٹ گئی۔اور دیر تک روتی رہی۔آج اس نے کمار کا ایک اور روپ دیکھا تھا۔وہسکی کے نشے میں بدمست کسی ریکھا، بملا، روزی اور سوزی کی بانہوں میں جھومتا ہوا اور سیکڑوں مہمانوں کے سامنے اسے نظر انداز کر کے اس کی بے عزّتی اور دل آزادی کر کے گویا اس نے راجی کو اس کا مقام بتا دیا تھا۔

راجی۔وکاس اور رینو کو خود ہی اسکول چھوڑنے جاتی تھی۔واپسی میں ڈرائیور انہیں لے آتا تھا—اسکول کے راستے میں ایک اسپتال پڑتا تھا۔لیکن یہ عام اسپتالوں سے بالکل مختلف تھا۔نہ یہاں مریضوں کی بھیڑ بھاڑ نظر آتی تھی نہ تیمارداروں کا ہجوم دکھائی دیتا تھا—بس کسی کسی وقت کوئی گاڑی آتی جاتی دکھائی دے جاتی تھی—یا پھر اِکّا دُکّا ملازم نظر آجاتے—ایسا سناٹا—ایسا سکون تھا—مانو اسپتال نہ ہو قبرستان ہو—اس سے زیادہ چہل پہل تو اسپتال سے ملحق گرجا گھر میں نظر آتی تھی—داخلی گیٹ کے بعد لان تھا لان کے بعد کمروں کی قطار—اور جہاں کمروں کی یہ قطار ختم ہوتی تھی—وہاں پھر ایک آہنی گیٹ تھا—جو ہر وقت بند ہی رہتا تھا—اور ایک چوکیدار اسٹول پر مستعدی سے بیٹھا رہتا تھا—راجی سوچتی تھی—اس گیٹ کے پیچھے کیا ہے،۔کوئی طلسمی دنیا—یا جادوئی شہر؟یقیناً سارے مریض اس گیٹ کے پیچھے کسی عمارت میں رہتے ہوں گے—اسپتال کے گیٹ پر

ایک بورڈ آویزاں تھا۔ جس پر انگریزی اور اردو زبان میں تحریر تھا۔

"دماغی امراض کا اسپتال"—

اور اسپتال کی چہار دیواری پر جگہ جگہ لکھا تھا۔

"مہربانی کر کے شور مت کریں"

"ہارن آہستہ بجائیں"

"دھیرے چلیے"

دماغی مریض—یعنی پاگل یا نیم پاگل—بے چارے قابلِ رحم لوگ جو زندگی کی چہل پہل سے اس قدر نزدیک ہونے کے باوجود اس سے کتنی دور ہیں۔ بلکہ ان کے لیے گہما گہمی اور شور و غل مُضر ہے۔ انہیں سکون کی ضرورت ہے—انہیں اس دنیا سے کوئی واسطہ نہیں ہے—جو دیوار کے اُس طرف آباد ہیں ان کی دنیا تو اس چہار دیواری کے اندر ہے۔ اپنے خاندان، عزیز و اقارب—اور سماج سے کٹے ہوئے یہ لوگ اپنے روز و شب کس طرح گزارتے ہوں گے۔ یا پھر انہیں کوئی احساس ہی نہیں ہوگا کہ کیا کچھ گزارا جا رہا ہے۔ کیا پیچھے چھوٹا جا رہا ہے۔ اور ہر وہ لمحہ جو گرفت سے چھوٹ جائے پھر کبھی پکڑ میں نہیں آتا۔ اور شاید انہیں اس کی کوئی پرواہ بھی نہ ہو— کبھی کبھی ہوش و خرد سے بےگانہ ہو جانا بھی کتنا اچھا ہوتا ہے۔ جہاں اچھائی بُرائی کا احساس نہ ہو— ظلم و زیادتی کا فرق نہ معلوم ہو—تو وہاں زندگی کیسی سَہل اور پُر سکون ہو جاتی ہے جیسے ایک خوابِ مسلسل—اور ایک سکوتِ بیکراں۔ نیند گہری اور پُر سکون نیند۔ بیداری جہاں جُرم ہو اور خوابِ غفلت ایک نعمت—اور یہ سب اس چہار دیواری کے پیچھے ہے—

راجی کا جی چاہتا تھا کہ وہ اسپتال کے اندر جا کر مریضوں سے ملے۔ ان کا دُکھ سُکھ محسوس کرے اور اگر ہو سکے تو ان کا دُکھ بانٹ لے۔ انہیں زندگی کی چھوٹی چھوٹی خوشیاں دے—اور ان کے لیے جو بھی ممکن ہو کرے—وہ بن دیکھے ہی ان مریضوں سے ہمدردی اور اُنس محسوس کرنے لگی تھی—ہر بار اس راہ سے گزرتے ہوئے وہ اسپتال پر ایک نظر ضرور ڈال لیتی تھی۔

کرسمس پر سارا شہر خوب سجایا گیا۔ گرجا گھروں کی آرائش تو قابلِ دید تھی — پھولوں، جھالروں، جھنڈیوں اور غباروں سے آراستہ گرجا گھر سکون و مسرّت کے گہوارے نظر آرہے تھے — بچّوں کے اسکول بند تھے — پھر بھی جو ٹیچرز شہر میں موجود تھیں — انہیں راجی نے خوبصورت تحائف دیے۔ اور بچّوں کو خوب گھمایا پھرایا — کئی طرح کے کیک بنا کر ملازموں میں تقسیم کیے۔ اسپتال کے سامنے سے گزرتے ہوئے۔ راجی یہ دیکھ کر بہت خوش ہوئی کہ اسپتال خوب سجا ہوا تھا۔ رنگ برنگے قمقموں نے اس شہرِ خموشاں کو رنگ و نور میں نہلا دیا تھا۔ اور تھوڑی سی چہل پہل بھی نظر آرہی تھی — ان مریضوں کو کس نے تحفے دیے ہوں گے۔ شاید کسی نے بھی نہیں — وہ تحفے لینے کے قابل ہی کب ہیں — شاید انہیں تو یہ بھی خبر نہ ہو کہ آج اتنا بڑا تیوہار ہے۔ اسپتال کے عملے کے لوگ انہیں کے سامنے خوشیاں منا رہے ہوں گے اور وہ ان مسرّتوں سے لاتعلق ہوں گے — یہ کیسا ظلم ہے ان کی ذات پر؟ —

راجی کی ساری خوشیاں ملیا میٹ ہوگئیں اور وہ اداس ہوگئی — خدا جانے یہ کیسا جذباتی رشتہ تھا اس کا اَن دیکھے اور انجانے مریضوں کے ساتھ؟ جسے وہ صرف محسوس کرسکتی تھی۔ اس کا سبب بتانے سے وہ خود بھی قاصر تھی —

بچّوں کے اسکول کھلنے میں چند روز باقی تھے جب کمار نے فیصلہ سنا دیا۔

''بچّے دہرہ دون میں پڑھیں گے۔ میں نے ساری کارروائی مکمل کرلی ہے۔ ان کے جانے کے انتظامات کردو۔ ایک ہفتے کے بعد انہیں اپنے کلاسز جوائن کرنا ہیں'' —

''تم نے مجھ سے پوچھے بغیر یہ فیصلہ کیوں کیا؟ — یہ میرے بچّے ہیں — ان کے بارے میں کوئی فیصلہ کرنے سے پہلے تم کو میری رائے لینا ہوگی — '' —

''یہ بچّے میرے بھی کچھ لگتے ہیں؟ ان کی بہتری کے لیے میں کوئی بھی فیصلہ کرنے کا حق رکھتا ہوں۔ تم سے مشورہ لینا بالکل بھی ضروری نہیں ہے۔'' —

''لیکن یہ ظلم ہے کمار — میں ان کے بغیر مرجاؤں گی — انہیں کے سہارے تو میں زندہ ہوں'' —

''کوئی نہیں مرتا راجی! ہم بھی تو شملہ میں رہ کر پڑھتے تھے۔ ہمارے ماں باپ تو نہیں مرے؟ ہنسی خوشی ہمیں رخصت کرتے تھے۔۔۔''

کمار نے گویا اس کا مذاق اڑایا۔۔۔

اس نے کہنا چاہا کہ ہمارے ماں باپ کے بیچ یہ دوریاں اور یہ فاصلے نہیں تھے۔۔۔ جو ہمارے درمیان ہیں۔ لیکن وہ کھل کر نہ کہہ سکی۔۔۔ وہ کہتی بھی تو کمار کب سنتا۔۔۔ وہ تو اس سے بالکل لاتعلق ہو چکا تھا۔ عرصے سے ان کے بیڈ روم بھی الگ تھے۔۔۔ مصروفیات بھی جدا تھیں۔ ناشتے اور کھانے کے اوقات بھی الگ تھے۔ بلکہ جب سے ہوٹل کا سلسلہ شروع ہوا تھا۔۔۔ کمار وہیں کھاتا پیتا تھا۔۔۔ اور بیشتر وقت وہیں گزارتا تھا۔۔۔ اس کے لئے ایک 'سوئیٹ' مخصوص تھا۔ رات میں بھی وہ نہ جانے کب آتا تھا۔۔۔ اور اپنے کمرے میں سو رہتا تھا۔۔۔

محبت کی معراج اگر شادی ہے تو شادی کی معراج کیا ہے۔۔۔ یہ لاتعلقی، یہ اجنبیت اور یہ دوری؟ تو پھر محبت اور شادی سب دھوکہ اور فریب ہے۔ یکسر جذباتی عیاشی وہ بھی چندروزہ۔۔۔ اور ناپائیدار اور جو رشتہ پائیدار نہ ہو۔۔۔ جس کی اساس محض۔۔۔ جذبات پر ہو۔ اس کا ٹوٹ جانا ہی اچھا ہے۔۔۔ لیکن رشتہ جڑنا جتنا آسان ہوتا ہے۔ ٹوٹنا اتنا ہی مشکل ہوتا ہے۔ کم از کم ایسا آسان بھی نہیں ہوتا۔۔۔ راجی کی مخالفت اور بچوں کی ناراضگی کے باوجود بچوں کو دہرہ دُون بھیج دیا۔ ان کا بزنس مینجر مسٹر چندرا۔۔۔ ایک ملازم کے ساتھ انہیں دہرہ دون پہنچانے گیا۔۔۔ خود کمار کو اتنی بھی فرصت نہیں تھی کہ وہ انہیں اسٹیشن جا کر سی آف کرتا۔۔۔ کیونکہ اس شام اس کے ہوٹل میں پہلی بار کیبرے ڈانسر شیلا کا پروگرام تھا۔۔۔ اور بہت اہم ہستیاں مدعو تھیں۔۔۔

راجی بچوں کو اسٹیشن چھوڑنے نہیں گئی۔۔۔ اپنے کمرے میں پڑی روتی رہی۔۔۔ آیا نے کئی بار آ کر اسے سمجھایا۔۔۔ بجھایا۔۔۔ لیکن اس نے اپنے آنسوؤں کو بے روک ٹوک بہنے دیا۔۔۔ یہ لاوا تو بہت دنوں سے اندر ہی اندر پک رہا تھا۔۔۔ کھول رہا تھا۔۔۔ اور اسے خود بھی معلوم تھا کہ کسی دن بھی یہ کھولتا ہوا لاوا باہر آ جائے گا۔ کمار نے نہ تو اس کی دلجوئی کی نہ

اسے بہلانے اور منانے کی ضرورت محسوس کی۔ اس کے نزدیک تو یہ راجی کا پاگل پن ہی تھا۔ راجی نے کار اسپتال کے کمپاؤنڈ میں ایک کنارے روک دی—

رسپشن کاؤنٹر پر دبلی پتلی ہنس مکھ سی لڑکی بیٹھی تھی— اسے دیکھ کر وہ بڑی اپنائیت سے مسکرائی— راجی کو اس کی مسکراہٹ سے بڑا حوصلہ ملا—

''میں ڈاکٹر سے ملنا چاہتی ہوں''—

''کسی مریض کو دکھانا ہے میڈم؟''—

''مجھے خود ہی تھوڑی سی پرابلم ہے''

''آپ بیٹھ جائیں پلیز''—

لڑکی نے راجی سے پوچھ کر ساری تفصیلات ایک رجسٹر میں نوٹ کیں— اور ایک سِلپ دے کر کہا—

''کل صبح نو بجے ڈاکٹر سالومن کے ساتھ آپ کا اپائمنٹ ہے''—

''تھینک یُو سو مچ''

راجی نے سِلپ تھامی اور اپنی کار کی طرف بڑھ گئی— ذہنی امراض کے اسپتال سے اس کا پہلا رشتہ قائم ہو گیا تھا— یہ اس کی دیرینہ آرزو کی تکمیل تھی— یا اس کی ضرورت یہ بات کہنا ذرا مشکل تھا— وہ خود بھی کوئی فیصلہ کرنے سے قاصر تھی۔ البتہ یہ ضرور محسوس کر رہی تھی کہ اسے یہیں اپنا کھویا ہوا سکون ملے گا—

ڈاکٹر سالومن، ڈاکٹر چترا فلپ اور ڈاکٹر رینالڈ تیواری کے ساتھ اس کی کئی میٹنگز (Meetings) ہوئیں۔ ہر میٹنگ کے بعد راجی نے خود کو زیادہ خوش، زیادہ مطمئن محسوس کیا۔ وہ ہفتے میں تین بار اسپتال جاتی تھی— رفتہ رفتہ وہ ڈاکٹرز اور اسٹاف سے گھل مل گئی— اس طلسمی نگری کا راز اب راز نہیں رہا تھا— پرائیوٹ وارڈ اور جنرل وارڈ ہر طرح کے مریضوں سے بھرے ہوئے تھے— اعلیٰ خاندان کے تعلیم یافتہ لوگ— بے حد سلجھی ہوئی بات چیت اور معیاری شوق اور رہن سہن— لیکن وہ سب گوشۂ عزلت کے مکین بننے پر مجبور تھے— کوئی گھر کے ماحول سے فرار پانے کے لئے منشیات لینے لگا تھا۔ کوئی ڈپریشن

کا شکار تھا۔کوئی اپنے آس پاس کے ہنگاموں سے اکتا کر یہاں آ گیا تھا۔ کسی کا جائز حق مار کر دوسرے کا پرموشن کر دیا گیا۔ تو برداشت وصبر کی حدوں سے تجاوز کر کے یہاں آ گیا۔ والدین سے شکایت شوہر سے شکوہ، سماج کے خلاف غم وغصہ — اپنی ذات سے نفرت — اپنے وجود کی نفی — اولادوں کے ہاتھوں ستایا بے کس انسان — عبرت — عبرت درد لا متناہی جہنموں کا سلسلہ —

راجی ان سب کی غم گسار بن گئی۔ سب کا دکھ درد بانٹنے پر تیار ہو گئی۔ کسی کو تحفہ دیا۔ کسی کو پیار دیا۔ کسی کے ساتھ روئی۔ کسی کے ساتھ ہنسی — سب مریض اس سے مانوس ہو گئے — ڈاکٹر اس کی عزّت کرنے لگے — اسٹاف اس سے محبت کرنے لگا — روزانہ پھل اور مٹھائی کے پیکٹ اٹھائے چلی آتی — تیوہاروں پر سب کو تحائف تقسیم کرتی — نادار مریضوں کی دوا کے اخراجات برداشت کرتی — ان سب کی ضروریات کا خیال رکھتی — اسپتال کو کئی ہزار روپے ڈونیشن دیا — کتنا ضروری سامان خرید کر دیا — یہ اسپتال اس کا کعبہ تھا — اس کا مندر تھا — جہاں پہنچ کر اسے سکون اور خوشی کی دولت ملتی —

بچے ہر سال سرما کی تعطیل میں آتے اور لوٹ جاتے — لیکن اس کے معمول میں فرق نہ آتا — اب اسے کمار کی بھی پرواہ نہیں تھی۔ وہ مسز لال کے ساتھ وقت گزارے — یا نئی نئی کیبرے ڈانسرز کے ساتھ راتیں گزارے اسے کوئی ملال نہ ہوتا — وہ شہر میں رہے یا بیرون ملک جائے وہ ذرا بھی فکر نہ کرتی — سب کچھ کیسا نارمل لگتا تھا —

اس بار وکاس اور ریتو آئے تو اس نے محسوس کیا کہ ریتو کچھ بڑی ہو گئی ہے۔ وہ لباس کے اندر بھی ضروری کپڑے پہننے لگی تھی — راجی نے بے اختیار رینو کو سینے سے لگا کر پیار کر لیا — وکاس کے بالائی ہونٹوں پر ہلکے ہلکے روئیں جم رہے تھے۔ ابھی وہ اتنا بڑا نہیں ہوا تھا کہ اسے جوان کہا جاتا لیکن ہیرو بنے رہنے کا شوق اس کے رنگ برنگے ملبوسات سے ظاہر ہوتا تھا۔ راجی نے اس کی پیشانی چوم کر سکون کی سانس لی۔ ''اُف میرے بچے مجھ سے دور رہ کر جوان ہو گئے۔ اور میں ان کے تئیں اپنا کوئی فرض نہ نبھا سکی۔ کمار نے مجھ سے میرے سارے حقوق چھین لیے۔ میرے بچّوں کو مجھ سے دور کر دیا — مجھے خود میری ذات

سے بیگانہ کر دیا میں دوڑ دوڑ کر اسپتال کیوں جاتی ہوں — اس لیے تا کہ وہاں میرے اپنے ہیں۔ اور اس گھر کے در و دیوار تک میرے لیے اجنبی بن چکے ہیں۔"

ایک شام کہ ہر شام کی طرح اداس تھی — اچانک کمار اس کے سامنے آ کر کھڑا ہو گیا۔ وہ سخت غصے میں تھا۔ راجی نے اپنے اندر سکون کی ٹھنڈی لہریں بہتی محسوس کیں — اس نے زبان سے کچھ نہ کہا — بس سوالیہ نظریں اس پر مرکوز کر دیں۔ کمار نے ایک کاغذ لہرایا۔

"ریتو کسی سے عشق کر رہی ہے۔ اس کے لَو لیٹرز پکڑے گئے ہیں۔ پرنسپل نے اس بار اسے وارننگ دے کر چھوڑ دیا ہے۔ اور آئندہ اس نے کوئی ایسی حرکت کی تو اسے اسکول سے نکال دیا جائے گا۔"

راجی کے چہرے پر اطمینان بھری مسکراہٹ رقص کرنے لگی۔ اس نے اپنا منہ گھما لیا —

"تم اسپتال کے چکّر لگاتی رہو — تمہیں تو پاگل بننے کا شوق ہے۔ اور لڑکی میری عزّت کا جنازہ نکال رہی ہے۔ سنا تم نے پاگل عورت میں کیا کہہ رہا ہوں؟" —

کمار چلایا تو وہ مسکرانے لگی —

"خوب سنا کمار صاحب۔ بلکہ میں تو کسی ایسی خوشخبری کی عرصے سے منتظر تھی — کیا آپ کو پتہ نہیں ہے کہ آپ کی بیٹی جوان ہو چکی ہے؟" —

"کیا مطلب — جوان ہونے کا اس بدمعاشی سے کیا واسطہ ہے۔ تم تو مجھے بھی پاگل کر دو گی" —

"جی نہیں — آپ کو پاگل کرنے کے لیے مسز لال — روزی ٹینا، مینا اور شیلا ہی کافی ہیں۔ میں نے آپ کو اس حد تک پاگل نہیں کیا کہ آپ اپنے فرائض سے آنکھیں بند کر لیں۔"

راجی نے قہقہہ لگایا تو کمار جل کر چلا گیا —

اگلے ہفتے ریتو اور وکاس گھر پر موجود تھے۔ کمار خود دہرہ دون گیا تھا — اور انہیں

اسکول سے نام کٹوا کر گھر لے آیا تھا۔ ریتو اور وکاس اس کے گلے لگ کر رو دیئے۔ کمار کا حکم تھا کہ ریتو گھر پر ہی رہے گی۔ البتہ وکاس کا داخلہ مقامی کالج میں کرا دیا تھا۔

راجی تیز رفتاری سے کار چلاتی ہوئی اسپتال پہنچی —— اور ڈاکٹر سالومن کے آفس میں داخل ہو کر ہذیانی انداز میں چیخی ——

''ڈاکٹر —— آج میں نے ان سب کو آزاد کر دیا۔ سب کو بے چارے کب سے پنجرے میں بند تھے —— اچھا کیا نا؟'' ——

ڈاکٹر سالومن نے اس کے خون آلود ہاتھوں کو دیکھا۔ داغ دار کپڑوں کو دیکھا۔ اور بڑھ کر اسے سنبھال لیا۔ اس کی پشت تھپتھپائی۔ محبت سے بولے ——

''بی ایزی ڈارلنگ —— آرام سے بیٹھو۔ تم نے بہت اچھا کیا جو سب کو آزاد کر دیا'' ——

راجی کُرسی پر گر سی گئی۔ ڈاکٹر نے نرس کو ایک —— انجیکشن تیار کرنے کا حکم دیا۔ اور اسے سہارا دے کر سائیڈ روم میں لائے —— بیڈ پر اسے آرام سے لٹا دیا —— اور اس کے بازو میں انجکشن لگا کر دس پندرہ منٹ تک اسے تھپکتے رہے۔ حتیٰ کہ راجی آرام سے سو گئی ——

چپراسی نے ڈاکٹر سالومن کو بتایا ——

''کمار صاحب کا فون ہے۔ وہ آپ سے بات کرنا چاہتے ہیں۔'' ——

''ہُوں —— بڑی جلدی خیال آ گیا'' ——

سالومن بڑبڑائے اور فون کی طرف بڑھ گئے ——

''ہیلو'' ——

''ہیلو —— ڈاکٹر سالومن میں کمار بول رہا ہوں'' ——

''پتہ ہے کمار صاحب —— اطمینان رکھیں —— راجی اپنے صحیح مقام پر پہنچ گئی ہے'' ——

''وہاٹ؟'' کمار غرّائے'' ——

''جی ہاں —— ہم سارے ڈاکٹرز اور خود راجی اپنی کوششوں میں ناکام ہو گئے ——

"شاباش ہے آپ کو— کہ آپ نے اسے اس جگہ پہنچا کر ہی دم لیا—"
ڈاکٹر سالومن نے فون رکھ دیا۔ نرس سے کہا—
"راجی کے لیے سات نمبر وارڈ تیار کر دو"— اور خود راجی کے پاس چلے گئے۔ وہ انجکشن کے اثر سے گہری نیند سو رہی تھی— اس کے پتلے پتلے لبوں پر پُرسکون مسکراہٹ تھی اور یہ مسکراہٹ پکار پکار کر کہہ رہی تھی، میں بے گناہ مصلوب ہوں— مجھے سولی سے اتارلو— میں جینا چاہتی ہوں اپنے بچوں کے لیے— اس سنسار کے ہر دُکھی انسان کے لیے زندہ رہنا چاہتی ہوں"—
ڈاکٹر سالومن نے سفید رومال سے اپنے آنسو پونچھے کمرے سے باہر نکلے— سامنے اسٹاف کے لوگ کھڑے تھے—
خاموش اور اداس—
"راجی۔ یہاں آ گئی ہے۔ اب وہ ایک لمبے عرصے تک یہیں رہے گی۔"
انہوں نے کسی کو مخاطب کئے بغیر کہا— اور گیلری میں تیز تیز قدموں سے چلتے ہوئے کسی طرف نکل گئے—

ایک آگ کا دریا ہے

اگر میں اپنی عمر کا حساب کرنے بیٹھوں تو چالیس میں سے بیس سال گھٹانے کے بعد صرف بیس سال بچیں گے۔ یعنی وہ بیس سال کا عرصہ جسے میں اپنی زندگی کہہ سکوں۔ اور اگر اس میں سے پندرہ برس اور کم کر دوں تو ازدواجی زندگی کے صرف پانچ برس خوشیوں کے میزان پر پورے اتریں گے اور یہ پانچ برس ایک لڑکی کے ارمانوں اور اس کے رنگین خوابوں کی تعبیر کے لئے ایسے ہی ہیں جیسے کسی پیاسے کو بیکراں سمندر سے بس چند قطرے دیئے جائیں۔ جس سے پیاس تو بجھے گی۔ تشنگی کا احساس اور بڑھ جائے گا—— تو ایسی تھی میری زندگی، جسے زندگی کہنا زندگی پر تہمت رکھنا ہے——

یوں تو ہماری تمام عمر ہی ہمارے اختیار میں نہیں ہوتی—— شادی سے پہلے اس پر ماں باپ کا اختیار ہوتا ہے۔ اور شادی کے بعد اس کے ایک ایک لمحہ پر شوہر کا اختیار ہو جاتا ہے—— کہ وہ جس طرح چاہے اسے برتے۔ اس کا جی چاہے تو ہمیں خوشیوں کے ہنڈولے میں جھلائے (اگرچہ ایسا کم ہی ہوتا ہے) اور دل چاہے تو دن رات جلائے اور کڑھائے—— میری تقدیر میں جلنا اور کڑھنا لکھا تھا—— سو قسمت کا لکھا پورا ہوا—— شوہر کی پانچ سالہ رفاقت اور محبت کا ثبوت میرے تین بچے ہیں۔ ہمارے معاشرے میں عورت کے اندر جھانکنے کا رواج نہیں ہے ازدواجی زندگی کامیابی کی ضمانت بچوں کی تعداد سمجھی جاتی ہے۔ جس عورت کے جتنے زیادہ بچے ہوں—— اسے اتنا ہی خوش نصیب سمجھا جاتا ہے—— ان بچوں کی ولادت کے دوران عورت کو جس ذہنی کرب سے گزرنا پڑتا ہے—— اس کا احساس

کوئی نہیں کرتا— یہ ایک آگ کا دریا ہے— جسے پار کرنے میں عورت کو کتنے امتحانوں کی بھٹی میں جلنا پڑتا ہے۔اس کا حساب کون کرے؟—

مجھ سے پوچھیں تو میں صاف صاف کہہ دوں کہ یہ صرف ایک مفروضہ ہے— جس کا حقیقت سے دور کا بھی واسطہ نہیں— لیکن ہمارے معاشرے کا بنیادی ڈھانچہ ہی مفروضوں پر قائم ہے۔ جب زندگی میں خوشیاں نہ ہوں، سکون نہ ہو— تو یہ بچّے بھی ہمارے امتحان کا ایک حصّہ بن جاتے ہیں۔اور ہمارے ساتھ ساتھ ان کی معصوم خوشیاں بھی جل کر راکھ ہو جاتی ہیں۔ حالانکہ ان کا قصور بس اتنا ہی ہوتا ہے کہ یہ ایک مرد کی 'وقتی' خواہشات اور لمحاتی خوشی کے نتیجے میں پیدا ہوتے ہیں اور اس پر ان کا بس بھی نہیں ہوتا— نظامِ قدرت سے انحراف کرنے کی قوّت اگر ان میں ہوتی تو دنیا کا ہر دوسرا بچّہ اس سے منحرف ہوتا— دراصل مرد کی خواہشات کا ریلا اتنا زوردار ہوتا ہے کہ اس پر قابو پانا یا اسے روکنا یا اس پر 'بند باندھنا' کم زور عورت کے بس کی بات نہیں ہے۔ مردوں کے بنائے ہوئے اس سماج میں عورت کو اب تک وہ درجہ نہیں مل سکا جو اس کا حق ہے۔حالانکہ اس کے حق کی حفاظت میں مذہب— قانون، اخلاق اور انسانیت بھی اس کے ساتھ ہیں۔لیکن یہ سب کاغذی باتیں ہیں—

''ہیں کواکب کچھ نظر آتے ہیں کچھ کے مصداق عورت کے حقوق کو پامال کرنے والے مرد کو کبھی کسی عدالت میں جوابدہ نہیں ہونا پڑتا— عورت کو کمزور بنانے میں سب سے زیادہ تو اسی صنفِ قوی کا ہاتھ ہے۔تا کہ وہ اپنے حقوق کی جنگ لڑنے کے لئے سامنے نہ آ سکے—

والدین کے حسابوں میری شادی بہت ٹھیک وقت پر ہوئی۔یعنی سولہویں سال میں ہاتھوں میں مہندی رچائے۔ دل میں ارمانوں کی دنیا بسائے۔آنکھوں میں سنہرے خواب سجائے شوہر کی دہلیز پر اتری— اور گھر والوں نے سُکھ کی سانس لی۔ کہ بیٹی خیر سے اپنے گھر کی ہوگئی۔ میں بھی خوش تھی کیونکہ اس وقت میں ناسمجھ تھی— شعور بیدار نہ ہو تو ایسی حماقتیں سرزد ہونا عام سی بات ہے۔اور شعور بیدار بھی کیسے ہوسکتا ہے کہ یہ عمر تو علم حاصل

کرنے کی ہوتی ہے۔ علم جو زندگی کو برتنے کا سبق دیتا ہے۔ آگہی کے دروازے کھولتا ہے — ادراک کی قوت بخشتا ہے۔ لیکن معاشرے نے عورت کو اس حق سے بھی محروم رکھا ہے — ہمارے سماج میں عورت کو علم کے حصول کی خاطر گھر بٹھانے کا تصور ہی نہیں ہے — بلکہ اس کی ادھوری تعلیم کو کبھی کوئی مسئلہ ہی نہیں سمجھا جاتا — اور پڑھائی چھڑوا کر اس کے ہاتھوں سے کتابیں اور قلم لے کر الگ رکھ دیئے جاتے ہیں سو مجھے بھی اسکول سے اٹھا کر ڈولی میں بٹھا دیا گیا — میں اس زیادتی کے خلاف صدائے احتجاج بھی بلند نہ کر سکی۔ کیونکہ اتنی عقل ہی نہیں تھی۔ پھر چونکہ امتیاز نئے نئے شوہر بنے تھے۔ ان کے پیار اور چاؤ چونچلوں میں کھو کر کبھی مجھے یہ خیال بھی نہ آیا کہ میرے ساتھ کیسا زبردست دھوکہ ہوا ہے۔ اس وقت تو میں بھی اسی کو زندگی سمجھ رہی تھی — عقل تو اس وقت آئی جب میرے حقوق پر ڈاکہ پڑا — ڈاکہ ڈالنے والا بھی باہر کا آدمی نہیں تھا۔ میرا شوہر امتیاز ہی تھا۔ جس کے پیار کا سیلاب جس زروشور سے آیا تھا۔ اسی طرح اتر گیا۔ اور میں گزرے لمحوں کے نقش تلاش کرتی رہ گئی۔ یہ نقش بھی کہاں ملتے کہ طوفانی ہواؤں نے سب کچھ مٹا ڈالا تھا — بس چار سو ایک جامد سناٹا تھا —

ابتدائی دنوں میں امتیاز ہر رات سب سے چھپا کر میرے لئے موتیا کے گجرے ضرور لاتے تھے — اور بڑے چاؤ سے میرے ہاتھوں اور بالوں میں سجاتے تھے۔ اور میں خود کو آئینے میں دیکھتی تو اپنی خوش نصیبی پر جھوم اٹھتی — ایسا چاہنے والا شوہر بھلا کب کسی لڑکی کو ملا ہوگا — اور پھر جب وہ بڑے پیار اور اصرار سے مٹھائی کے پیس کھلاتے تو من و سلویٰ بھی اس کے سامنے ہیچ نظر آتا۔ ان کی محبت کے ساتھ بچّوں کی تعداد میں بھی اضافہ ہوتا گیا — اور میں دن رات گھر داری اور بچّوں میں مصروف ہوتی گئی۔ پہلے گجرے غائب ہوئے۔ پھر مٹھائی کھٹائی کی دوکانیں بند ہوئیں اور رفتہ رفتہ میاں کے میٹھے بول بھی رخصت ہو گئے —

عورت تو اپنے پہلے بچّے کی آمد کے بعد ہی اپنے سارے ساج سنگھار بھول کر اپنی تخلیق کے لاڈ و پیار میں ڈوب جاتی ہے۔ اس کی معصوم مسکراہٹیں اور پیاری پیاری حرکتیں

ہی اس کا سنگھار بن جاتی ہیں۔ اور پھر جب اوپر تلے کئی پیارے پیارے بچے آجائیں تو اپنی طرف دھیان دینے کا وقت ہی کہاں ملتا ہے—؟ عورت کا بس چلے تو ان کی خاطر دنیا ہی چھوڑ دے۔ ماں بننے کی مسرّت میں وہ ان حقائق سے بھی چشم پوشی کرنے لگتی ہے جو آئندہ زندگی میں اس کے سکون اور مسرتوں پر ڈاکہ ڈالنے کے لئے کسی مہیب کالی رات کی مانند دبے قدموں اس کی طرف بڑھتے آتے ہیں۔ شوہر کی خدمت، بچّوں کی پرورش اور گھر کے کام کاج کے بعد اس کے پاس اتنا وقت بھی نہیں ہوتا کہ ایک پَل کے لئے آئینے پر نظر ہی ڈال لے۔ ایک لمحہ کے لئے رک کر یہ دیکھ لے کہ وہ کیا کچھ کھوتی جا رہی ہے۔ ہوش تو اس وقت آتا ہے۔ جب وہ سب کچھ کھو کر تہی دامن رہ جاتی ہے۔ کیسی بے وقوف ہوتی ہے یہ عورت ذات بھی! کاش وہ بھی مرد کی طرح عقل مند ہوتی—اور اپنی ذات اور اپنی شخصیت پر بھی توجہ دیتی۔ ایک میری ہی مثال لے لیں— جس وقت میں بچّوں کی نیپی بدلتی ہوں یا ان کی گندگی صاف کرتی ہوتی ہوں—امتیاز نکھرے ستھرے۔ بہترین سوٹ میں ملبوس، آئینے کے سامنے کھڑے قیمتی خوشبوؤں کا اسپرے کرتے ہوئے، بریل کریم سے بالوں کو سیٹ کر کے ٹائی کی ناٹ کونت نئے ڈھنگ سے باندھتے ہوتے ہیں۔ ناشتے میں پانچ منٹ کی بھی دیر ہو جاتی۔ تو پورا گھر سر پر اٹھا لیتے۔ اور بار بار طعنہ دیتے کہ تمھیں تو اپنے بچوں ہی سے فرصت نہیں ملتی— میرا خیال کیا خاک رکھتی ہو—؟ اور میں ہڑ بڑا جاتی۔ میرے ہاتھ پھرتی سے ناشتہ بنانے لگتے۔ کیا یہ بچّے تنہا میرے ہیں؟—امتیاز سے ان کا کوئی واسطہ نہیں ہے؟—اگر نہیں تو پھر یہ آ کیسے گئے۔

امتیاز کی بے پروائیاں بڑھتی گئیں تو میں نے ان کی توجّہ حاصل کرنے کی ازسرِ نو کوشش کی۔ ایک شام جب وہ سج دھج کر باہر جانے کے لئے تیار تھے—اور بڑے خوش نظر آ رہے تھے۔ تو میں ان کے قریب چلی گئی۔ خوشبو کا ایک ریلا سا ان کے اطراف بہہ رہا تھا—میں نے سُوں سُوں کر کے سونگھا۔ اور مسکرا دی۔ خیال آیا ''امتیاز آج بھی کیسے اچھے ہیں''—

''امتیاز—میں بھی چلوں گی۔ ایک مدّت سے باہر نہیں گئی ہوں۔ ہم اچھی سی فلم

دیکھیں گے اور کھانا بھی باہر ہی کھائیں گے۔ بس دو منٹ رکیں۔ میں جھٹ پٹ تیار ہوتی ہوں" میں نے کہا۔

"تم؟ — تم باہر جاؤ گی؟ ذرا آئینے میں اپنی صورت تو دیکھو" ایک استہزائیہ مسکراہٹ ان کے لبوں پر پھیل گئی۔

میری نظر بے اختیار آئینے کی طرف اٹھ گئی۔ اُف! وہاں تو میرے بجائے کوئی چڑیل نظر آ رہی تھی — مدقوق جسم۔ سوکھی گھاس جیسے بکھرے بال، بجھی بجھی آنکھیں، پچکے گال، اور میلا لباس، کیا واقعی یہ میں ہی ہوں؟ میں نے خود سے سوال کیا اور اپنی سوکھی کھڑنک انگلیوں سے بالوں کو سہلایا۔ آنکھوں کو چھوا۔ اور ہونٹوں کو مَس کیا۔ اور پھر میری اُنگلی کی پور — ہونٹوں کے ذرا اوپر ابھرے ہوئے سیاہ تِل پر ایک پَل کے لئے رک گئی گئی — یہ سیاہ تل جو امتیاز کو بہت پسند تھا — کیا اب انہیں نظر نہیں آتا؟ لیکن اس تِل سے پرے میرا وجود بھی تو ہے جو میری ذات کی نفی کرتا ہے۔ وہ شاید کوئی بھولا بھٹکا آنسو ہی تھا۔ جو مجھ سے چوری چوری آنکھ سے ڈھلک آیا تھا — اور میری ٹھنڈی پور نے اس گرم گرم قطرہ کو اٹھا لیا۔ میں اسے زمین میں جذب نہیں ہونے دوں گی۔ یہ آنسو اتنا بے وقعت نہیں ہے۔ یہ ایک قطرہ میری ذات کا۔ میرے ہونے کا واحد ثبوت ہے۔ میں زندہ ہوں۔ میں زندہ رہوں گی، اپنے لئے نہ سہی، اپنے بچّوں کے لئے جیوں گی میں نے دیکھا کمرہ خالی تھا، امتیاز جا چکے تھے اور میں تنہا کھڑی تھی امتیاز کو ایک شگفتہ اور شاداب چہرہ کی جستجو ہے۔ اور مجھے شاید اب کسی کی تلاش نہیں ہے۔ جو خود ہی کھو چکا ہو — وہ بھلا کچھ پانے کی تمنا کیسے کر سکتا ہے۔ میں تھکے تھکے قدموں سے باہر آ گئی۔

اس روز امتیاز آفس کے کام سے باہر گئے ہوئے تھے۔ ان کے دفتر کا ساتھی منوج کچھ کاغذات دینے آ گیا۔ اور دبی زبان سے بولا۔

"بھابھی لگتا ہے کہ آپ نے امتیاز کو کچھ زیادہ ہی چھوٹ دے دی ہے"

"کیا مطلب ہے آپ کا؟" —

"تو کیا آپ کو کچھ بھی پتہ نہیں؟" —

''نہیں — مجھے کچھ نہیں معلوم۔ آپ ہی بتا دیں''—

''وہ — اور نازنین — ''منوج چپ ہو گیا اور مجھے یہ سمجھنے میں دیر نہ لگی کہ بات بہت آگے بڑھ چکی ہے —

''منوج میں نے کچھ اندازہ تو لگایا تھا۔ لیکن — ''

''آپ اسے سمجھایئے بھابھی — ''منوج یہ کہہ کر چلا گیا۔

میں نے اپنے آپ سے کہا'' کوئی فائدہ نہیں ہے'' دراصل میں نے انہیں پایا ہی کب تھا۔ جو کھونے کا احساس ہو — بلکہ شاید کوئی مرد ''اپنا آپ'' کسی عورت کو نہیں سونپتا — خواہ وہ اس کی شریکِ حیات ہی کیوں نہ ہو — وہ اپنا ٹکڑا — ٹکڑا وجود ساری عمر بانٹتا رہتا ہے۔ اور عورت سے یہ امید کرتا ہے کہ وہ صرف — اور صرف اس کی ہو کر رہے — وہ تو صرف امید ہی کرتا ہے۔ اور عورت اسے یقین اور اعتماد کے خزانے بخش دیتی ہے۔ تب ہی تو وہ اس کی طرف سے مطمئن ہو کر آگے بڑھ جاتا ہے۔ اور نئی دنیاؤں میں نئے جزیرے تلاش کرتا ہے۔ خوشیوں۔ خوشبوؤں اور روشنیوں کے نئے جزیرے۔ جو اسے زندگی کا بھرپور احساس بخشیں — اور وہ فخریہ کہہ سکے کہ میں مرد ہوں — امتیاز بھی ان جزیروں کی تلاش میں تھا — اور اس کے چہرے کی طمانیت بتا رہی تھی کہ وہ اپنی تلاش میں کامیاب رہا ہے'' نازنین — نازنین — یہ نام امتیاز کی زبان سے شہد بن کر ٹپکنے لگا — اس کی غربت — اس کی مظلومی — اس کا رکھ رکھاؤ — اس کی خودداری — اور پھر سب کے آخر میں اس کے حسن کی تعریف — آدھے ادھورے جملوں سے بس اتنا ہی معلوم ہوا کہ نازنین ان کے آفس میں کام کرتی ہے۔ مجھے معلوم تھا کہ ان کے آفس میں کئی لڑکیاں کام کرتی ہیں۔ لیکن اس سے پہلے کبھی کسی کا ذکر اس عنوان سے نہیں سنا تھا — شاید وہ اس دنیا کی واحد غریب، مظلوم، خوددار — اور ہاں حسین بھی — لڑکی ہے — پھر میں نے محسوس کیا کہ رفتہ رفتہ امتیاز اس کا ذکر کم کرنے لگے ہیں۔ یہ خطرے کا سگنل تھا۔ کم از کم میں تو یہی سمجھتی تھی — اور میرا اندیشہ سچ نکلا — نازنین امتیاز کی زندگی میں جس زور و شور سے آئی تھی۔ ویسی ہی خاموشی سے واپس بھی چلی گئی — لیکن امتیاز کی بے وفائی کے نقوش نہ مٹ

سکے — اور برسوں بعد — جب وہ ایک رات پشیمان، شرمندہ، اداس اور پچھتاووں سے جھکے میرے پاس واپس آئے تو میں نے ان کا ہاتھ جھٹک دیا۔ امتیاز گڑگڑائے —

"— مجھے معاف کردو — میں نے تمہیں بہت دکھ دیئے ہیں" —

"میرے دکھ کا احساس آپ کو آج ہوا۔ جب نازنین آپ کو ٹھکرا کر کسی اور کے پاس چلی گئی —؟"

"وہ اس لائق نہیں تھی کہ اس کو تم پر فوقیت دی جاتی۔ وہ کم ظرف عورت تھی —"

"اسے گالی نہ دیں۔ امتیاز کہ اس نے وہی کیا جو اسے کرنا چاہیے تھا۔۔۔۔

آپ کتنے منافق ہیں امتیاز — اگر آپ کسی عورت کو ٹھکرائیں تو جائز اور اگر عورت آپ کو ٹھوکر مارے تو قابلِ گردن زدنی؟"

"میں — میں تمہارے پاس واپس آ گیا ہوں —"

"خوب! لیکن میں نے آپ کو اس کی اجازت نہیں دی۔ اور نہ میں کبھی آپ کو معاف کروں گی" —

"نازنین عورت نہیں ناگن تھی۔ جس نے میرے گھر کی خوشیوں کو ڈس لیا۔ وہ بے وفا تھی۔ مجھے اس سے نفرت ہے" — امتیاز نے زہر اُگلا۔

"نفرت تو مجھے بھی آپ سے ہے۔ بے وفا وہ نہیں آپ ہیں امتیاز — بلکہ میں تو اس کی شکر گزار ہوں کہ اس نے مجھے 'مرد' کو پہچاننے کا سلیقہ بخشا — مرد کو سمجھنے کا گُر بتایا — آپ کا کیا ہے؟ — کل کوئی اور نازنین مل گئی تو آپ پھر اس غلطی کو دہرانے کے لئے تیار ہو جائیں گے۔ اور پھر معافی — نہیں — نہیں — میں اب مزید فریب نہیں کھا سکتی — آپ اپنی دنیا میں لوٹ جائیں — مجھے اب آپ کی ضرورت نہیں ہے — میرا بیٹا — میرا اپنا جواد — ماشاء اللہ جوان ہو گیا ہے۔ عزت سے دو روٹی تو وہ بھی مجھے دے سکتا ہے —" —

"کیا میرا اور تمہارا ساتھ اسی 'روٹی' کے رشتے سے تھا؟ — اور کچھ نہیں تھا ہمارے بیچ؟ —"

''نہیں — ہرگز نہیں — کیونکہ آپ نے روٹی کپڑے کے سوا میرا کوئی حق نہیں مانا۔ لیکن میں جانور نہیں ہوں جسے صبح و شام چارہ بھوسا دے کر مالک اپنے فرض سے سبکدوش ہو جائے۔ میں ایک جیتی جاگتی عورت ہوں۔ جذبات اور احساسات رکھتی ہوں۔ اور میں آپ سے اپنی زندگی کے ایک ایک پل کا حساب مانگتی ہوں۔ آپ میری زندگی کے بیس سال لوٹا دیجئے۔ میں آپ کو معاف کر دوں گی'' —

میں دروازہ بند کر کے اندر آئی — اور بستر پر لیٹ کر میں نے آنکھیں موند لیں — خدا جانے آج سارے آنسو کہاں غائب ہو گئے تھے — آج مجھے ان کی کتنی ضرورت تھی — آنسو نہ نکلے۔ تو دل سینے سے باہر آ جائے گا — جس کی شریانوں میں خون نہیں — ایک مرد کی بے وفائی کی آگ رواں دواں ہے — اور اس آگ نے ایک دو نہیں — بیس برس مجھے جلایا ہے۔ اور میں جو ایک مُشتِ خاک ہوں — امتیاز کو یہ حق کبھی نہیں دوں گی کہ وہ اس راکھ کو فضاؤں میں منتشر کر دے —

میری بیٹیاں میرے دل کی ٹھنڈک ہیں تو جواد میرا مان اور میرا غرور ہے — میں اپنی بیٹیوں کو ورثے میں عورت کا ایثار ضبط اور حوصلہ دوں گی — لیکن جواد کو امتیاز نہیں بننے دوں گی — اسے بتاؤں گی کہ —

''عورت مرد کی کھیتی ہے، تو اس کھیتی کو زمانے کی گرم ہواؤں سے بچانا اس کا فرض ہے کہ ہر عورت میں آگ کا دریا پار کرنے کا حوصلہ نہیں ہوتا — ''

☆☆

سوئیٹ ہوم

ولیم نے اپنے خوبصورت اپارٹمنٹ کا جائزہ لیا اور مسکرانے لگا۔
آج اس کا اپارٹمنٹ صحیح معنوں میں ایک مکمّل گھر معلوم ہو رہا تھا۔ مسز مارٹن اور مسٹر ہنری کی آمد نے نہ صرف اس گھر کے سونے پن کو دُور کیا تھا — بلکہ اس کی زندگی کے ازلی خلا کو بھی پُر کر دیا تھا۔ ایک بے نام ونشان بچّے کی زندگی میں محرومیوں کے سوا ہوتا بھی کیا؟ ہے یتیم خانے والے ان بچّوں کی پرورش ضرور کرتے ہیں۔ اُنہیں پڑھا لکھا کر اس قابل بھی بنا دیتے ہیں کہ وہ اپنی روزی خود کما سکیں — لیکن وہ ان بچّوں کو ماں کی ممتا اور باپ کی شفقت تو نہیں دے سکتے۔ ولیم بھی یتیم خانے میں پلا بڑھا تھا اور اپنے گھر کی تمنّا اس کے دل کے کسی گوشے میں پروان چڑھ رہی تھی — پھر اس نے سخت محنت کی اور ایک گھر بنا لیا۔ یہ گھر اس کے خوابوں کی تعبیر ضرور تھا۔ لیکن ابھی یہ گھر ادھورا تھا — نامکمّل تھا — اس گھر کا خالی پن دور کرنے کے لیے اس نے قیمتی سامان سے اپنا — اپارٹمنٹ بھر دیا — لیکن وہ خلا ان مادّی چیزوں سے پُر نہ ہو سکا۔ جس نے شعور سنبھالتے ہی اس کی روح کی گہرائیوں میں زخم ڈال دئے تھے —

دوستوں نے اسے شادی کی ترغیب دی۔ لیکن اس کی سوچ کا دھارا نہ بدلا — بیوی گھر کو سجا سنوار سکتی ہے — بچّوں کو جنم دے سکتی ہے — لیکن اسے ماں کی ممتا اور باپ کی شفقت تو نہیں دے سکتی — بیوی کی محبت اور رفاقت — والدین کی محبت اور رفاقت کا بدل نہیں ہو سکتی۔ یوں اس کی ازلی محرومی اس کے ساتھ گھر میں بھی چلی آئی۔

اپنے اخبار کے لئے نئی نئی کہانیوں کی تلاش میں ولیم اِدھر اُدھر گھومتا رہتا تھا—— ایک دن اولڈ ہوم جا پہنچا—— یہاں اسے کئی دلچسپ کہانیاں ملنے کی امید تھی—— لیکن ان بوڑھوں سے گفتگو کرنے کے بعد کوئی دلچسپ کہانی تو ولیم کو کیا ملتی، وہ خود اس کہانی کا حصّہ بن گیا۔ اب تک وہ یتیم خانوں ہی کو دنیا کی بدترین جگہ سمجھتا رہا تھا—— اور یتیموں کو دنیا کی بے کس ترین مخلوق، لیکن یہاں آکر اسے پتہ چلا کہ یہ 'اولڈ ہوم' بھی کسی عقوبت خانے سے کم نہیں ہیں اور یہ بیمار، اور کمزور بوڑھے وہ بدنصیب انسان ہیں جو اپنوں کے ہوتے ہوئے بھی لاوارث ہیں۔ کیونکہ ان کا ناکارہ وجود ان کی اولادوں پر بوجھ بن چکا ہے اور ان کے پاس ان کی دیکھ بھال کے لئے وقت نہیں ہے—— اپنے ہی بنائے ہوئے گھر سے انہیں بے دخل کر کے یہاں سِسک سِسک کر جینے اور موت کی آرزو میں لمحے۔ لمحے کی موت مرنے کے لئے چھوڑ دیا گیا ہے۔ ولیم نے وہ بدنصیب مائیں بھی دیکھیں۔ جو ماں بننے کے جرم میں یہاں قید کی گئی تھیں۔ اپنے بچّوں کا ذکر کرتے وقت ان کے جھرّیوں بھرے چہرے پر ممتا کا نور ضُوفشاں ہو جاتا تھا۔ ان کا وقت انتظار کی جان لیوا اذیّت میں بیت رہا تھا۔ نئے سال کے کارڈ کا انتظار۔ یا پھر اپنی برتھ ڈے پر کسی بیٹی یا بیٹے کے تہنیت نامہ کا انتظار—— کرسمس کے موقع پر کسی معمولی تحفے کا انتظار—— زندگی جو عذاب مسلسل تھی—— انتظار کی بیساکھیوں کے سہارے گھسٹ رہی تھی۔

ولیم نے اس اولڈ ہوم میں ایسے باپ بھی دیکھے جنہوں نے اپنی عمر کے بہترین سال اپنے بچّوں کو اعلیٰ تعلیم دلانے اور انہیں ایک خوش گوار مستقبل دینے کی جدّ وجہد میں گزارے تھے۔ انہوں نے اپنے مضبوط بازوؤں کی قوّت اس گھر کی تعمیر میں صَرف کی تھی۔ جہاں ان کے بچّے آرام سے رہ سکیں۔ ان کے عیش و آرام کی خاطر انہوں نے دن رات کڑی محنت کی تھی اور اب اپنے ہی گھر سے دور زندگی کی اندھیری اور یخ بستہ راتوں میں تنہا کھڑے تھے—— آج ان کے قدموں تلے نہ زمین اپنی تھی اور نہ سر پر چھت اپنی تھی—— وہ زندگی جس پر انہیں کبھی بہت ناز تھا۔ آج اس کی ہر سانس مستعار لی ہوئی تھی——

ولیم کو یتیم خانے کی وہ ڈارمیٹری یاد آگئی جہاں اس جیسے بچّے اپنے بستر کی تنہائی

میں ماں کی ممتا بھری آغوش کی گرمی کے لئے ترستے تھے۔اور کھردرے کمبل کی گرمی سے اس کمی کو پورا کرنے کی کوشش کرتے تھے۔اپنا جی خوش کرنے کے لئے بچّوں نے ڈارمیٹری کی دیواروں پر رنگین پنسلوں سے کاغذ پر 'سویٹ ہوم' لکھ کر چپکا دیا تھا۔بچّے اگر ایسی حرکتیں کر کے خود کو فریب دیتے تھے تو یہ ان کی مجبوری تھی لیکن یہ بھولے بھالے ضعیف لوگ کس مجبوری کے تحت فریب کھا رہے تھے۔ولیم نے وہاں جس سے بھی سوال کیا—اس نے اپنی مجبوری بڑھا چڑھا کر بیان کی اپنے بچّوں کا دفاع کرتے ہوئے وہ یہ بھی بھول گئے کہ اس اولڈ ہوم تک ان کی رہنمائی ان کی اولاد نے کسی مجبوری کی وجہ سے نہیں کی ہے۔بلکہ اپنے عیش و آرام کی خاطر کی ہے۔وہ انہیں بوجھ سمجھتے ہیں—ناقابلِ برداشت بوجھ—

ولیم نے اس روز اخبار کو کوئی کہانی نہیں دی—اور اس کی جگہ کوئی اور مضمون لگانا پڑا—وہ سخت آزردہ تھا—اتنی عمر تک وہ ماں باپ کے پیار کے لئے ترستا رہا اور اس اولڈ ہوم میں کتنے ماں باپ ہیں جو اولاد کی صورت دیکھنے کو ترستے ہیں۔جن کے لئے اپنا گھر ایک بھولی بسری کہانی بن گیا ہے۔جبکہ اس عمر میں والدین کو اپنے بچّوں کی محبت اور خدمت کی زیادہ ضرورت ہوتی ہے۔جس جگہ ان کی ذمّہ داریاں ختم ہوتی ہیں وہیں سے اولاد کے فرائض شروع ہوتے ہیں۔اور تب ولیم نے ایک فیصلہ کیا اور وہ اولڈ ہوم سے مسز مارٹن اور مسٹر ہنری کو اپنے گھر لے آیا

اگر لاوَلد والدین کسی بچّے کو گود لے سکتے ہیں تو بن ماں باپ کا بچّہ والدین کو بھی گود لے سکتا ہے۔یہی فیصلہ تھا ولیم کا۔

مسز مارٹن کا کمزور بازو تھام کر ولیم نے بڑی محبت سے کہا—

''ممی——یہ آپ کا کمرہ ہے—کسی چیز کی کمی ہو تو بتا دیں''

مسز مارٹن نے کپڑوں کی الماری—آرام دہ مسہری رائٹنگ ٹیبل پر کتابوں کے ریک اور آرام کرسی پر نظر ڈالی پھر سائڈ ٹیبل پر رکھا ریکارڈ پلیئر آن کر دیا۔ہلکی موسیقی سے کمرہ گنگنا اٹھا۔مسز مارٹن کی آنکھوں میں تشکر کے آنسو جھلملانے لگے۔

''بیٹا یہ سب بہت خوبصورت ہے میری امیدوں سے کہیں زیادہ ہے یہ سب''—

انہوں نے ولیم کی پیشانی چوم لی "گاڈ بلیس یُو مائی سن" مسز مارٹن کی دعا اور ان کے پیار نے ولیم کی روح تک کو سرشار کر دیا۔ پھر اُس نے مسٹر ہنری کو ان کا کمرہ دکھایا——

اس شام ڈرائینگ روم میں "وی سی آر" پر ایک کارٹون فلم دیکھتے ہوئے وہ کافی پی رہے تھے اور ساتھ ہی دلچسپ باتیں بھی کرر ہے تھے۔ اس وقت تینوں بہت خوش تھے۔ مسز مارٹن کا مسٹر ہنری سے کوئی رشتہ نہیں تھا۔ لیکن ولیم کے رشتے نے ان دونوں میں بھی ایک تعلّق پیدا کر دیا تھا۔

اگلے ہی دن مسز مارٹن نے گھر کا کام سنبھال لیا۔ اور مسٹر ہنری نے لان کی درستگی۔ فرنیچر کی پالش اور گھر کی صفائی کی ذمّے داری اپنے سر لے لی۔ ولیم ہفتہ بھر کا راشن۔ گوشت، انڈے، سبزی وغیرہ چھٹّی کے دن لے آتا تھا۔ مطلوبہ سامان کی لِسٹ مسز مارٹن اور مسٹر ہنری دونوں مل کر بناتے تھے۔ جس میں سرِ فہرست ولیم کی ضروریات کا سامان ہوتا تھا اور جب اس فہرست میں ولیم کچھ اضافہ کرتا تو دونوں ایک ایک آئتم پر بحث کرتے تھے—— مسز مارٹن کہتیں۔

"ابھی پچھلے ہی ہفتے تو تم میرے لئے دستانے لائے تھے۔ ابھی مجھے ان کی ضرورت نہیں ہے——"

ولیم کہتا "ممی تم بھول رہی ہو—— میں دستانے نہیں—— موزے لایا تھا——"

"ٹھیک ہے۔ موزے ہی ہوں گے لیکن فی الحال انہیں رہنے دو—— جب ضرورت ہوگی کہہ دوں گی"——

مسٹر ہنری یاد دلاتے——

"میرا شیونگ سیٹ تو بالکل نیا ہے—— ولیم تم نے بے کار ہی لِسٹ میں اس کا اضافہ کر لیا"——

"میں نے ایک نئی قسم کا شیونگ سیٹ بازار میں دیکھا ہے—— سوچتا ہوں لے ہی آؤں"

ولیم کے لیے یہ چھوٹی چھوٹی خوشیاں بہت قیمتی تھیں۔ وہ ان دونوں کا بے حد

خیال رکھتا تھا۔۔۔ کبھی انہیں گھمانے پھرانے لے جاتا۔ کبھی اسٹیج شو دکھاتا۔۔۔ کبھی ان کی خاطر پک نِک کا پروگرام بناتا۔ اس طرح جیسے کوئی بچّوں کو بہلاتا ہے۔۔۔ مسز مارٹن۔۔۔ اور مسٹر ہنری اس کی محبت خدمت اور سعادت مندی دیکھ کر نہال ہو جاتے۔۔۔ مسٹر ہنری کو اپنا بیٹا یاد آ جاتا۔۔۔ جیکسن کیسا نافرمان، بدتمیز اور خودسر تھا۔ اس کی حرکتوں پر کڑھ، کڑھ کر ماں تو ختم ہی ہو گئی اور انہوں نے گھر کے بجائے اس اولڈ ہوم میں رہنا پسند کیا۔۔۔ کم از کم وہاں انہیں سکون تو تھا۔۔۔ اور مسز مارٹن تو تین بچّوں کی ماں تھیں۔ ساری زندگی شرابی شوہر نے دُکھ دیئے۔۔۔ پھر بچّے جوان ہوئے تو رہی سہی کسر اُنہوں نے پوری کر دی۔ وہ سوچتیں کہ کاش ان کے لڑکے بھی ولیم کی طرح ہوتے اور وہ اپنے گھر میں سکون سے بڑھاپا کاٹتیں۔ لیکن نصیب میں تو اور ہی کچھ لکھا تھا۔ سولڑکے خود ہی انہیں اس ہوم میں ڈال گئے۔۔۔ اب ولیم ایک غیر لڑکا ان کی محرومیوں اور اداسیوں کو دور کرنے کے لئے دن رات کوشاں رہتا ہے اس نے انہیں ایک گھر دیا۔ اور ماں جیسی عزّت اور محبت دی۔

مسٹر ہنری اور مسز مارٹن ولیم کے مستقبل کے لئے نت نئے پروگرام بناتے رہتے۔۔۔ سب سے زیادہ تو انہیں اس کی شادی کی فکر رہتی تھی۔۔۔ انہیں حیرت تھی کہ ولیم نے ابھی تک کوئی لڑکی پسند کیوں نہیں کی۔۔۔ ایک روز مسز مارٹن نے ولیم سے پوچھ ہی لیا۔۔۔

''ڈارلنگ! کیا دنیا کی ساری لڑکیاں اندھی ہو گئی ہیں''؟

''ممی۔۔۔ میں تمہارا مطلب نہیں سمجھا۔۔۔''

''یہی کہ لڑکیوں کو میرا اتنا ہینڈسم اور اسمارٹ بیٹا کیوں نظر نہیں آتا۔۔۔'' مسز مارٹن نے گویا برا مان کر کہا۔

ولیم ان کی بات سمجھ کر ہنسنے لگا۔۔۔

''ممی بات ذرا الٹی ہو گئی ہے۔ مجھے کوئی ایسی لڑکی نظر نہیں آتی جو آپ کی طرح خوبصورت اور محبت کرنے والی ہو''

''میں تمہاری شرارت سمجھ رہی ہوں۔ لڑکے! یقیناً تم نے میری وہ تصویر دیکھ لی ہے۔۔۔''۔۔۔

''وہ تصویر تو ڈیڈی نے بھی دیکھی ہے—''

''اس اولڈ مین نے کیوں دیکھی ہے میری تصویر؟''—

مسز مارٹن نے مصنوعی غصّے سے کہا—ولیم ہنس پڑا—اور انہیں ستانے کے لئے بولا۔

''ڈیڈی تو یہ بھی کہہ رہے تھے کہ پگی جوانی میں بہت حسین تھی''

مسز مارٹن جھینپ گئیں—پھر سنجیدگی سے بولیں—

''مذاق میں بات نہ ٹالو ولیم! تمہیں شادی کر لینا چاہئے—''

یہی عمر ہوتی ہے گھر بسانے کی—''

''ممی تم تو اچھے بھلے گھر کو جہنّم بنانے کا مشورہ دے رہی ہو—ہم آج کتنے خوش ہیں—شادی کے بعد جب ایک اجنبی ہستی اس گھر میں آئے گی اور ہر چیز کی مالک بن جائے گی تب بھی کیا ہم اسی طرح خوش رہ سکیں گے؟یقین مانو ممّی سب سے پہلے تو وہ تم دونوں کو بے دخل کرنے کی سوچے گی۔اور میں یہ بات کیسے برداشت کر سکتا ہوں کہ میرے پیارے ممّی ڈیڈی اس عمر میں گھر سے بے گھر ہوں—نہیں ممّی—ابھی کچھ اور نہ سوچو پلیز'' ولیم نے التجا کی—

''ولیم—مائی سن! تم فطرت کے خلاف فیصلہ کر کے کبھی خوش نہیں رہ سکتے۔ایسا نہ ہو کہ کل تمہیں اپنے فیصلے پر پچھتانا پڑے اور ہمیں تم سے۔یعنی اپنے بیٹے سے شرمندہ ہونا پڑے۔کیونکہ تم یہ سب ہماری ہی خاطر تو کر رہے ہو؟—

''اوہ ممّی بھول جاؤ کہ میں یہ سب تم دونوں کی خاطر کر رہا ہوں—یہ فیصلہ تو میں نے اپنی خوشی کے لئے کیا ہے۔میں خوش رہنا چاہتا ہوں۔ماں باپ کے سایۂ شفقت میں چند سانسیں سکون اور مسرّت کی لینا چاہتا ہوں۔بیوی تو کسی دن بھی مل سکتی ہے۔بلکہ جب چاہوں گا مل جائے گی۔لیکن جیسی چاہوں گا ویسی نہیں ملے گی۔اس لئے کیا فائدہ اچھی بھلی زندگی کو جہنّم بنانے سے—میں اپنے ماں باپ کے ساتھ بہت خوش ہوں—''

ولیم نے مسز مارٹن کو اپنا فیصلہ سنا دیا۔اور مسز مارٹن کی سمجھ میں نہیں آیا کہ ولیم کو

سمجھانے کے لیئے اور کون سی دلیل لائیں۔

ولیم نے تو اسٹیلا سے بھی صاف صاف کہہ دیا تھا کہ وہ فی الحال چند برس تک شادی نہیں کرے گا —— اسٹیلا اس سے ناراض بھی ہوگئی تھی اور کئی دن کٹی کٹی سی رہی تھی —— لیکن ایک جگہ کام کرنے کی وجہ سے وہ زیادہ دن خفا نہیں رہ سکی۔ اور ان میں پھر بات چیت ہونے لگی۔ حالانکہ دونوں کا رویہ ذرا احتیاط قسم کا تھا —— پھر بھی ساتھ والوں کو ان کی رنجش کا علم ہو ہی گیا —— یہ بات تو سب ہی جانتے تھے کہ ولیم نے 'اولڈ ہوم' سے دو بوڑھوں کو لاکر ماں باپ بنالیا ہے۔ شروع شروع میں انہوں نے ولیم کا مذاق بھی اڑایا —— پھر اس کی سنجیدگی دیکھ کر خود ہی چپ ہوگئے —— اسٹیلا بھی یہ بات جانتی تھی —— اور ایک طرح سے وہ ان بوڑھوں کو اپنا رقیب سمجھتی تھی۔ جن کی خاطر ولیم اسے ٹال رہا تھا —— وہ کبھی ولیم کے گھر نہیں گئی تھی۔ اور نہ اس کے ساتھ کہیں 'ڈیٹ' پر گئی تھیں —— بس آفس میں دونوں روز مل لیتے تھے —— لنچ ساتھ کر لیتے تھے —— اسٹیلا کو ولیم کی سنجیدگی اور سادگی پسند تھی —— وہ عام نوجوانوں کی طرح نہ تو چھچھورا تھا —— اور نہ لڑکیوں کے پیچھے بھاگتا تھا —— ایسے نوجوان کے ساتھ گھر بسا کر وہ یقیناً خوش رہتی۔ لیکن بیچ میں اچانک یہ بوڑھے آٹپکے۔ اور شادی کا معاملہ کھٹائی میں پڑ گیا۔ اسٹیلا کو کبھی کبھی بہت غصہ آتا تھا۔ کہ جا کر ان نکمّے بوڑھوں کو خوب کھری کھری سنائے یہ بھی نہ سہی تو کم از کم انہیں احساس تو دلائے کہ ان کی وجہ سے ولیم اس پر اور خود اپنی ذات پر کیسا ظلم کر رہا ہے۔ اور ایک دن وہ سچ مچ ولیم کے گھر پہنچ گئی۔ اس وقت ولیم آفس میں تھا۔ اس لیئے وہ اطمینان سے گفتگو کر سکتی تھی ——

مسز مارٹن نے اسٹیلا کو بڑی گرم جوشی سے خوش آمدید کہا۔ مسٹر ہنری نے اسے چاکلیٹ والی کافی پلائی۔ اور پھل بسکٹ اور پیسٹری بھی پیش کی۔ اتنی خاطر تواضع دیکھ کر اسٹیلا کا دل پگھل گیا۔ اور ان بوڑھوں کے خلاف اس کے دل میں جو بھی غم و غصہ تھا وہ صابن کے جھاگ کی مانند بیٹھ گیا۔ اسٹیلا کو یہ دونوں بزرگ بہت اچھے لگے۔ اس نے اپنا تعارف ولیم کی دوست کی حیثیت سے کرایا تھا —— لیکن مسز مارٹن سمجھ گئیں کہ اس دوستی کے پس پردہ کون سا جذبہ کارفرما ہے۔ اس لیئے وہ اسٹیلا سے کچھ زیادہ ہی دُلار سے پیش آ رہی تھیں۔

''ولیم نے تمہاری جیسی پیاری دوست کا کبھی ذکر ہی نہیں کیا۔ اور نہ کبھی ہم سے ملوانے کی کوشش کی۔ کہیں تم دونوں کی لڑائی تو نہیں چل رہی ہے۔''—

''ولیم تو بہت اچھا دوست ہے ممّی — دراصل ہماری دوستی اس قسم کی نہیں ہے جیسی عام طور سے ہوتی ہے۔''

اسٹیلا نے صفائی پیش کی۔

''ہمارا بیٹا آج کل کے نوجوانوں کی طرح بے لگام نہیں ہے۔ وہ رشتوں کی عزّت کرنا جانتا ہے۔ رشتہ چاہے دوستی کا ہو یا کوئی اور — ہر حال میں اس کے لئے قابلِ احترام ہے''

مسز مارٹن نے بڑے فخر سے کہا۔ اور مسٹر ہنری کی طرف دیکھ کر تائید چاہی۔ انہوں نے اثبات میں گردن ہلا کر ان کی بات کی تائید کی۔ اور مسکرانے لگے۔

''ولیم نے کبھی تم سے شادی کی بات کی۔ یا اس موضوع پر بات کرتے شرماتا ہے —؟''—

''ولیم اس موضوع کے علاوہ ہر موضوع پر بات کرتا ہے''

اسٹیلا نے آہستہ سے کہا۔

''ایک بار تم ہمّت کر کے بات کرو بیٹی! میری تو دلی خواہش ہے کہ وہ جلد شادی کر کے اپنا گھر بسا لے''—

''ممّی میں اپنی طرف سے پوری کوشش کر چکی ہوں —
بلکہ ہماری لڑائی بھی ہوگئی تھی۔ لیکن وہ شادی کرنے سے انکار کرتا ہے —''—

''یہ تو بہت غلط بات ہے۔ میں ولیم کو سمجھاؤں گی''۔

مسز مارٹن نے اسٹیلا کو تسلّی دی۔

''آپ بہت اچھی ہیں ممّی۔ آپ ولیم کو یہ بھی یقین دلایئے گا کہ میں آپ دونوں کو بہت پیار دوں گی۔ اور خوب خدمت کروں گی۔''

اسٹیلا نے مسز مارٹن کے دونوں ہاتھ تھام کر گویا اپنے دعوے کی پختگی کا یقین

دلایا۔ مسز مارٹن ہنسنے لگیں۔

''ضرور بیٹی — میں ولیم کو تم سے شادی کرنے پر رضا مند کروں گی۔ کیوں مسٹر ہنری؟ — اسٹیلا پیاری ہے نا؟''

''میں اتنی دیر سے یہی سوچ رہا ہوں کہ ہمارے ولیم کے لئے اسٹیلا نہایت موزوں شریکِ سفر ثابت ہوگی'' —

اسٹیلا شرما گئی — پھر ان سے اجازت لے کر چلی گئی — اسٹیلا کے دل میں بھی ان دونوں بوڑھوں کے لئے احترام اور محبت کے جذبات تھے — اور ساری کدورت دور ہوگئی تھی — وہ اپنی پچھلی سوچ پر شرمندہ تھی — اور دل ہی دل میں ولیم سے معافی مانگنے کا فیصلہ کر چکی تھی —

اسٹیلا کے جانے کے بعد مسز مارٹن اور مسٹر ہنری دیر تک ولیم کی شادی کی باتیں کرتے رہے۔ انہیں اسٹیلا دل سے پسند آئی تھی۔ ''مسٹر ہنری ایک بات ہے، ولیم کو ہم نے کئی دفعہ سمجھایا مگر وہ شادی کے لئے رضا مند نہیں ہوتا — جب تک ہم دونوں یہاں موجود رہیں گے۔ وہ شادی نہیں کرے گا'' —

''تمہارا مطلب ہے مسز مارٹن کہ ہمیں یہاں سے چلا جانا چاہئے؟''

''ہاں یہی مطلب ہے۔ وہ غریب ہماری خاطر اتنی قربانیاں دے رہا ہے تو ہمارا بھی فرض بنتا ہے کہ اس کے لئے ایثار کریں — اس کی محبت کا صلہ یہ تو نہیں ہے کہ وہ ہماری خاطر ساری عمر کنوارا رہے؟ — اور اپنی جوان امنگوں کا گلا گھونٹتا رہے؟'' —

''ہاں — ہم لوگ تو بُری بھلی زندگی گزار ہی چکے ہیں۔ اب تو صرف موت کا انتظار ہے۔ تو وہ کسی جگہ بیٹھ کر کیا جا سکتا ہے۔'' مسٹر ہنری نے سنجیدگی سے کہا —

''رائٹ مسٹر ہنری — ہر شہر میں ایسے 'اولڈ ہوم' ہیں اور آج میں محسوس کر رہی ہوں کہ یہ 'اولڈ ہوم' ہمارے جیسے بوڑھوں کے لئے بے حد ضروری ہیں'' —

''اور اس گھر کو اسٹیلا کی ضرورت ہے۔ ولیم کے پیارے۔ پیارے بچوں کی

کلکاریوں کی ضرورت ہے"—

مسٹر ہنری بے حد جذباتی ہو رہے تھے— مسز مارٹن دھیرے دھیرے مسکرا رہی تھیں۔ اور ان کی آنکھوں کے گوشے بھیگ گئے تھے—

ولیم گھر آیا تو اسے گہری خاموشی کا احساس ہوا— واقعی گھر خالی تھا— ہر چیز اپنی جگہ موجود تھی۔ بس وہی دونوں نہیں تھے— مسز مارٹن کی رائٹنگ ٹیبل پر ایک خط رکھا تھا—

پیارے ولیم— ہمیشہ خوش رہو!

والدین کے لئے بچّوں کی خوشی سے بڑھ کر عزیز کوئی شئے نہیں ہوتی— ہماری خوشی ہے کہ تم اسٹیلا سے شادی کرلو۔ وہ بہت پیاری لڑکی ہے۔ اور تم سے پیار بھی کرتی ہے— ہم دو بوڑھے زندگی سے بھلا یا بُرا اپنا حصّہ پا چکے ہیں۔ اب تمہاری باری ہے— خوشیاں تمہاری منتظر ہیں ولیم بڑھ کر انہیں سمیٹ لو— ہم جا رہے ہیں— جہاں بھی رہیں گے تمہارے لئے دعا کرتے رہیں گے۔

اسٹیلا کو ہمارا پیار دینا—

تمہاری ممی

اور

ڈیڈی

☆☆

تلاشِ بہاراں

زمین اگر لاوارث ہو تو بیج ڈالنے والے کا کیا قصور؟——

خودرو پودوں کا جنم لاوارث زمین کی کوکھ سے ہی ہوتا ہے۔ میں بھی ایک خودرو پودا تھا—— جسے پانی، کھاد اور نگہداشت کی بھلا کیا ضرورت تھی؟، سو میں گاؤں کی گلیوں میں رُلتے رُلتے بڑا ہوا—— پورا گاؤں میرا گھر تھا'' لیکن نہ سر پر چھت اپنی تھی—— نہ پاؤں کے نیچے زمین اپنی تھی—— اور نہ ہی پروان چڑھانے والے ہاتھوں کا شفیق لمس میسّر تھا—— حالانکہ میرے بچپن کو اس کی ضرورت تھی—— اور میں ممتا بھری آغوش کی کھوج میں در، دَر بھٹکتا رہا روٹی کا ٹکڑا تو کتے کو بھی مل جاتا ہے—— لیکن میں کتا نہیں انسان تھا—— اور ساری مخلوق میں افضل اور اشرف بنا کر اس دنیا میں بھیجا گیا تھا——

بشری تقاضوں سے معمور دل و دماغ ہر پل ہر لمحہ مجھے احساس دلاتا تھا کہ اس زندگی پر اور دنیا کی تمام و کمال آسائشوں پر میرا بھی حق ہے۔ عورت کی محبت بھری آغوش سے محرومی—— میری زندگی کا سب سے بڑا المیہ تھی۔ عورت جو روپ بدل بدل کر مرد کی زندگی میں آتی ہے—— اور ہر روپ میں اس پر پیار اور ممتا کی بارش کرتی ہے۔ مرد ہمیشہ بنجر دھرتی کی مانند پیاسا رہتا ہے۔ اور عورت بادل بن کر اپنے پیار کی پھوار سے اس کو شرابور کرتی ہے۔ اسے سیراب کرتی ہے۔ اور اس کی تشنگی مٹا دیتی ہے۔ وہ کبھی ماں بن کر اسے لوریاں سناتی ہے۔ اور کبھی امر بیل کی مانند اس سے لپٹ کر اپنے وجود کا احساس دلاتی ہے کہ عورت مرد کی تخلیق کا سرچشمہ بھی ہے اور اس کی تکمیل بھی۔

وہ مجھے پہلی بار مندر کی سیڑھیوں پر ملی تھی۔ اس وقت وہ لال کنارے کی سفید ساڑی پہنے تھی۔ اس کی دودھیا، شفاف مانگ میں سیندور کی لکیر ہنس رہی تھی —— محرابی پیشانی کے درمیان سُرخ بندیا مسکرا رہی تھی —— گوری کلائیوں میں دھانی کریلیاں اور سُنہری بانکیں بجی تھیں۔ اور سفید کبوتر جیسے پاؤں میں سُرخ آلتا لگا تھا۔ پوجا کی تھالی دونوں ہاتھوں میں سنبھالے —— وہ پجارن کے بجائے دیوی لگ رہی تھی۔ جو آکاش کی بلندی سے زمین پر آگئی تھی۔ پہلی ہی نظر میں وہ مجھے اچھی لگی۔ اسے قریب سے دیکھنے کی خواہش مجھے بے کل کر گئی۔ اور میں نے اپنے دل میں پہلی بار کچھ خوشگوار سی دھڑکنیں محسوس کیں —— خون کی روانی اچانک بڑھ گئی۔ اور بدن میں انجانی کسمساہٹیں جاگ اُٹھیں —— میرے بالائی ہونٹ پر اُگے سنہری روئیں پسینے میں بھیگ گئے۔ اسے چھونے، محسوس کرنے اور اس کی گود میں سر رکھ کر رونے کے لیے دل مچل گیا۔ وہ مجھے دیکھ کر مسکرائی یا شاید یہ میرا وہم تھا۔ لیکن نہیں یہ وہم کیسے ہوسکتا تھا؟ اس کی شفیق مسکراہٹ ایک سچّائی تھی۔ اور میں سر سے پاؤں تک عرقِ ندامت میں ڈوب گیا —— پھر مجھ سے وہاں ٹھہر نہیں گیا —— اور میں تیز، تیز قدموں سے چلتا ہوا اس سے دُور نکل آیا —— ایک بار پھر میں نے مُڑ کر دیکھا۔ وہ اب وہاں نہیں تھی۔ شاید مندر کے اندر جا چکی تھی۔ لیکن میری آنکھوں میں اس کا عکس قید ہو گیا تھا —— میں بار، بار اس جگہ گیا —— لیکن وہ دوبارہ نظر نہیں آئی —— شاید میرے مَن کا میل میری آنکھوں میں ہوس بن کر اُتر آیا تھا۔ جس کو دیکھ کر وہ ہمیشہ کے لئے مجھ سے دور چلی گئی تھی —— اس کی یاد —— اس کا انتظار —— اب یہی میرا سہارا تھا —— یہ سلسلہ نہ جانے کب تک چلتا کہ ایک بار بالکل اچانک —— وہ پھر میرے سامنے تھی —— اس بار اس کا روپ بدلا ہوا تھا۔ اس کی ادائیں محبوبانہ تھیں —— لبوں پر تبسّم، آنکھوں میں لگاوٹ اور بدن کے نشیب وفراز میں دعوت تھی۔ اس کے پاؤں میں گھنگھرو بندھے تھے۔ اور وہ محفل میں دعوتِ عام کا منظر بنی اپنی مسکراہٹیں تقسیم کر رہی تھی —— نقرئی ہنسی کی سوغات بانٹ رہی تھی —— اور قاتل اداؤں کے جام پیش کر رہی تھی —— اس کا حسن بجلیاں گرا رہا تھا۔ اور میں دامن جلنے سے پہلے ہی وہاں سے اُٹھ گیا —— مجھے ڈر تھا کہ اگر کچھ دیر اور اس کے سامنے رہا تو ہوش و خرد کا دامن ہاتھ سے چھوٹ

جائے گا۔ میں وہاں سے دور ــــ بہت دور بھاگ گیا ــــ اُف میں نے کیا سوچا تھا ــــ اور وہ کیا نکلی؟۔ یہ اس کے ماتھے کی بندیا اور مانگ کا سیندور کس نے نوچ ڈالا ــــ اور آلتا کی لالی مٹا کر اس کے پاؤں میں گھنگھرو کس نے باندھ دیئے۔ اس کے ہاتھوں سے پوجا کی تھالی کس نے چھین لی؟ ان سوالوں کا جواب کون دیتا؟ مندر سے کوٹھے تک کا راستہ اتنا مختصر تو نہیں تھا ــــ کہ وہ احتجاج بھی نہ کر سکے؟ ــــ مجھے خود سے گھن آ گئی ــــ اور میں نے اسے بھول جانے کا عہد کیا ــــ لیکن بھول نہ سکا۔ اب تو جب بھی اس کا خیال آتا تو سارے پیشِ منظر ــــ پسِ منظر میں چلے جاتے۔ بس دو پاؤں ذہن کے پردے پر تھرک اُٹھتے ــــ اور میری چھاتی کو روند کر لہولہان کر دیتے۔ میں اذیت سے چیخ اٹھتا ــــ عورت کا یہ روپ میرے لیے نیا بھی تھا ــــ اور قابل نفرت بھی ــــ اب میں اس کے بارے میں سوچنا بھی گناہ سمجھتا تھا ــــ تب ہی ایک روز وہ میرے سامنے آ کر کھڑی ہو گئی۔ سر سے پاؤں تک سفید گاؤن میں ملبوس اس کے بال سفید ریشمی اسکارف میں قید تھے۔ اور جالی کے سفید نقاب نے اس کا نصف چہرہ چھپا رکھا تھا۔ عصمت، طہارت اور پاکیزگی کا ایک مرقع میرے روبرو تھا ــــ اس کی مومی انگلیوں میں بلوریں شمعدان تھا ــــ اور شمعدان میں ایک سفید موم بتی روشن تھی جس کی ضو اس کے چہرے کو منور کر رہی تھی۔ وہ آہستہ قدموں سے گرجا کے ہال میں داخل ہوئی ــــ اور میں اپنی نفرت، غصہ اور عہد بھول کر اس کے ساتھ کھنچا چلا گیا۔ گرجا کا وسیع و عریض ہال لوگوں سے لبالب بھرا ہوا تھا ــــ صف در صف کھڑے ہوئے لوگ کسی اور ہی دنیا کی مخلوق نظر آ رہے تھے۔ سامنے بنے ہوئے اونچے ڈائس پر سفید چوغہ میں ملبوس فادر کھڑے تھے۔ ان کے سینے پر روپہلی صلیب چمک رہی تھی۔ جو دنیا والوں کو امن و آشتی کا پیغام دے رہی تھی۔ فادر کے ہاتھوں میں مقدس بائبل تھی۔ وہ نرم و شیریں آواز میں بائبل پڑھ رہے تھے۔ فادر کے عقب میں دیوار پر یسوع مسیح اور ماں مریم کی تصویریں آویزاں تھیں ــــ میری نظریں ماں مریم کی تصویر پر مرکوز ہو گئیں ــــ ان کی گود میں ننھا مسیح مسکرا رہا تھا ــــ اور نور کے ہالے میں ماں کی ممتا بھری مقدس مسکراہٹ مجھے مسحور کر رہی تھی ــــ اور میری متلاشی نگاہیں اس کو تلاش کر رہی تھیں جو ماں مریم کا عکس تھی ــــ اور پھر میں نے اسے

دیکھ لیا۔ وہ پہلی صف میں کھڑی تھی — لبوں پر وہی ملکوتی مسکراہٹ اور چہرے کے گرد ویسا ہی نور کا ہالہ — گویا ماں مریم تصویر سے باہر نکل آئی ہو۔ لیکن میں یہاں الگ تھلگ کھڑا ہوا کیا کر رہا ہوں؟ مجھے تو اس کی آغوش میں ہونا چاہئے تھا۔ اس مقدس آغوش میں جس کی تلاش میں برسوں سے در — در بھٹک رہا تھا — اور بڑی تگ و دو کے بعد اسے پانے میں کامیاب ہوا تھا۔ آج مجھے عورت کا ہر روپ سندر لگ رہا تھا — خواہ اس کے پاؤں میں گھنگھرو ہوں یا آلتا کی لالی — نفرت اور غصے کا بحرِ بیکراں جو درد بن کر میری رگوں میں بہہ رہا تھا۔ اور آتش فشاں بن کر سینے میں دہک رہا تھا — یکایک برفانی گلیشیر بن گیا۔ اور ایک خوش گوار سی ٹھنڈک میرے رگ و پے میں سرائت کر گئی — اب مجھے زندگی سے کوئی شکوہ نہیں تھا — خودرو پودے کو ممتا کی گھنی چھاؤں مل گئی تھی — اور میں ہر پل ہر لمحہ سرشار رہنے لگا تھا۔ لیکن یہ کیفیت بھی دیرپا ثابت نہ ہوئی۔ کیونکہ اس بار وہ مجھے عجب حال میں نظر آئی۔ اس کا حلیہ دیکھ کر میں کانپ اُٹھا۔ مجھے اپنی بصارت پر یقین نہیں آیا۔ مانگ کا سیندور پاؤں میں بندھے گھنگھرو — اور ہاتھوں میں دبا شمعدان خواب بن گئے — وہ ایک حقیقت بن کر میرے سامنے موجود تھی — تقریباً نیم برہنہ اور نیم پاگل سی۔ اس کے بال میل سے چکٹ اور اُلجھے ہوئے تھے۔ کرتا جگہ جگہ سے مسکا ہوا تھا۔ تار تار اوڑھنی گلے میں جھول رہی تھی — خشک ہونٹوں پر خون کی پپڑیاں جمی تھیں۔ وہ چہرہ جو — کبھی گلاب کو شرماتا تھا، خراشوں سے داغ داغ تھا — اور آنکھوں کے گرد سیاہ حلقے کسی قیامت کا پتہ دے رہے تھے — اس کے بدن کا ہر زخم پکار پکار کر کہہ رہا تھا کہ وہ وحشی درندوں کی بربریت کا شکار ہوئی ہے۔ دھول، کیچڑ اور آبلوں سے اٹے پاؤں، آلتا اور گھنگھروؤں سے بے نیاز تھے — اور اپنی طویل مسافت کی داستان سنا رہے تھے۔ ننگی کلائیوں پر انسانی ستم کی کہانی رقم تھی — ہری کریلیاں اور سنہری بانکیں ظلم کے صحرا میں کرچی کرچی ہو کر بکھر چکی تھیں۔ میں اس کی حالت دیکھ کر کانپ گیا۔ اور بے اختیار اس کے قریب چلا گیا اور اس کی ننگی کھردری بانہہ تھام لی۔ اس نے زخمی نظروں سے مجھے دیکھا — ان نظروں میں شک، خوف اور التجا کیا کچھ نہ تھا۔ میں خود کو مجرم سمجھنے پر مجبور ہو گیا دل چاہا کہ دوڑتا ہوا گرجا کے وسیع ہال میں جاؤں اور فادر کے

سامنے اپنے گناہوں کا اعتراف کروں کہ ابھی توبہ کا در بند نہیں ہوا ہوگا۔ یسوع مسیح اور ماں مریم کے سامنے دوزانو ہوکر اقرار کروں کہ اپنی ماں کی اوڑھنی تار تار کرنے والا وحشی درندہ میں ہی ہوں۔ مجھے سزا دو— سنگسار کرو— مار ڈالو— کہ میں اسی لائق ہوں— ہاں میں ماں کی ممتا کے قابل نہیں ہوں—

میں اسے سہارا دے کر گھر کے اندر لایا۔ اس کا منہ ہاتھ دھلایا— اس کا لباس تبدیل کیا۔ اس دوران وہ بالکل خاموش رہی۔ شاید اس کی قوت گویائی سلب ہو چکی تھی۔ تب ہی تو اس نے میری کسی حرکت پر احتجاج نہیں کیا۔ یا پھر شرم وحیا اور پاکیزگی کا تصور ہی اس کے لیے بے معنی ہو گیا تھا۔ جب جب اس نے رحم کی بھیک مانگی ہوگی انجام میں نئے زخم ملے ہوں گے سو اس نے چپ رہ کر اپنی روح کے زخم چھپا ڈالے ہوں گے۔ جب روح زخمی ہو تو جسم کے گھاؤ زیادہ تکلیف نہیں دیتے۔

میں نے اس کے بالوں میں کنگھا کرنے کے بعد اسے آئینے کے سامنے لے جا کر کھڑا کر دیا۔ دراصل میں اسے یہ باور کرانا چاہتا تھا کہ وہ اب بھی ویسی ہی ہے جیسی کہ پہلے تھی۔ پاک و پاکیزہ معصوم اور مقدس، لیکن وہ ایک چیخ مار کر مجھ سے لپٹ گئی شاید وہ خود کو پہچاننے سے انکار کرنا چاہتی تھی۔ اپنی ذات اور اپنے وجود کے خلاف یہ اس کا پہلا احتجاج تھا اور یہ احتجاج اس کی زندگی کی علامت تھا۔ میں اسے بچوں کی طرح تھپکتا رہا— جب وہ رو رو کر تھک گئی تو چپ ہو گئی۔ اس کی زبان اب بھی خاموش تھی— لیکن آنکھیں بول رہی تھیں۔ تشکر ممتا اور پیار کے سارے رنگ اس کی آنکھوں میں اتر آئے تھے۔ اور لبوں پر ملکوتی مسکراہٹ رقص کر رہی تھی۔ اس کے پُرسکون چہرے کے گرد نور کا ایک ہالہ تھا— میں بے اختیار اس کے سینے سے لگ کر رو دیا۔

کڑے کوس کا سفر طے کر کے آنے والی یہ عورت مجھے ہر حال میں ہر روپ میں قبول تھی۔ کہ عورت، مرد کی تخلیق کا سرچشمہ بھی ہے۔ اور مرد کی تکمیل بھی—

میں بھی آج مکمل ہو گیا تھا—

☆☆

شناسائی

اس بلڈنگ میں آئے اسے ایک ماہ سے کچھ اوپر ہوا تھا۔لیکن ابھی تک اس کی کسی سے جان پہچان نہیں ہوئی تھی — سیڑھیاں چڑھتے اترتے اکثر کوئی نہ کوئی نظر آجاتا۔اور وہ یہ سوچتا رہ جاتا کہ یہ مسٹر ایرانی ہیں — یا میٹھا بھائی — یا مسٹر نعیم صدیقی — یا — اور پھر ایک ایک کر کے وہ سارے نام ذہن میں در آتے جنہیں وہ بلڈنگ کے باہر لگے ہوئے بورڈ پر دسیوں بار پڑھ چکا تھا۔سوسائٹی والوں نے تو بلڈنگ کے مکینوں کے نام مع ان کے فلیٹ نمبر کے اجنبیوں کی سہولت کے لئے ہی لکھ کر لگائے ہوں گے۔لیکن اس کی الجھن میں مزید اضافہ ہو گیا تھا۔جب بھی کوئی صورت نظر آتی وہ اس پر اپنی پسند کا نام چسپاں کر کے خود ہی حظ اٹھاتا۔مثلاً گنجے تو ندیل پر اس نے میٹھا بھائی کا نام فٹ کر رکھا تھا — لیکن تھوڑے دنوں کے بعد اسے پتہ چلا کہ وہ تو مصراجی ہیں۔مقطع داڑھی والے جن کو وہ نعیم صدیقی کہتا تھا — مسٹر اسرانی نکلے — اور وہ کافی دن تک اس شغل سے خوب محظوظ ہوا — لیکن کب تک — ؟ — آخر تھک کر بیٹھ گیا — پھر ایک دن اس نے دلچسپی کا ایک انوکھا طریقہ سوچا۔میٹھا بھائی کے جسم پر تو ندیل مصراجی کا چہرہ فٹ کر کے دیکھا۔منحنی سے حاتم بھائی کے جسم پر مسٹر اسرانی کی صورت بٹھائی اور مسٹر اسرانی کے جسم پر بوتل والا کی پھٹکار زدہ شکل تھوپی۔کچھ دن تک یہ شغل جاری رہا۔اب اس میں بھی کوئی دلچسپی نہیں رہی تو بس شکلیں دیکھنے پر اکتفا کرنے لگا — اگر یہ سارے فلیٹ آباد نہ ہوتے اور ہر گھر میں زندگی کے آثار نظر نہ آتے۔تو شاید وہ بھی صبر کر کے ان سارے پڑوسیوں کا خیال چھوڑ دیتا — جو زندہ رہ کر بھی

زندگی سے عاری معلوم ہوتے تھے — ایسا بھی نہیں تھا کہ اس نے ان نام نہاد پڑوسیوں سے متعارف ہونا نہ چاہا ہو۔ کئی بار ان میں سے کسی کو دیکھ کر اس نے اپنے چہرے پر مسکراہٹ سجائی کسی کو 'ہیلو' کہا — کسی سے پوچھا ''شاید آپ نو نمبر فلیٹ میں رہتے ہیں؟'' لیکن اس کی ہر بات کے جواب میں سارے چہروں پر خاموشی کا تالا لٹکتا نظر آیا۔ اکثر یہ بھی ہوا کہ وہ چھٹی والے دن گھر کی تنہائی سے گھبرا کر — گیلری میں مونڈھا ڈالے بیٹھا اخبار پڑھتا رہا۔ دو چار ہاتھوں نے اس سے اخبار لے کر دیکھا اور اپنی راہ چل دیئے۔ اس روز بھی دفتر میں تعطیل تھی — اس نے سُگھڑ بیبیوں کی طرح گھر کی صفائی کی کپڑے دھوئے کھانا پکایا۔ اور سب کاموں سے نمٹ کر ذرا ستانے کے لئے ایک کتاب لے کر بیٹھ گیا — ابھی آدھا دن گزرا تھا وقت کاٹنا مشکل ہو رہا تھا۔ طبیعت میں اکتاہٹ ہو تو لکھنے پڑھنے میں بھی دل نہیں لگتا — کتاب کے صفحوں کے صفحے الٹ ڈالے لیکن ایک لفظ نہ پڑھ سکا۔ اچانک قریبی فلیٹ سے رونے اور چیخنے کی آوازیں آنے لگیں وہ اٹھ کر دروازہ پر آیا۔ رونے کا شور نعیم صاحب کے گھر سے آ رہا تھا۔ اس نے ان کا دروازہ کھٹکھٹایا — تو ایک خاتون نے دروازہ کھولا —

''کیا بات ہے خیریت تو ہے؟'' اس نے پوچھا —

وہ ببلو کے سر میں چوٹ آ گئی ہے۔ اور گھر میں اس وقت کوئی مرد نہیں ہے۔ '' خاتون نے بتایا —

''مجھے دیکھنے دیں'' اور وہ ان کا جواب سنے بغیر اندر چلا گیا۔ ببلو کو گود میں لئے دوسری خاتون بیٹھی تھیں۔ اور اس کے سر سے خون بہہ رہا تھا۔ کچھ کہنے سننے کا وقت نہیں تھا۔ اس نے پاس پڑا ہوا تولیہ لے کر بچّے کے زخم پر رکھ کر ہاتھ سے دبایا۔ اور اسے گود میں لے کر جلدی سے باہر آیا۔ پھر ٹیکسی میں اسے لے کر اسپتال گیا — ایمرجنسی میں بچّے کے زخم پر ٹانکے لگائے گئے۔ اور ضروری ٹریٹ منٹ کیا گیا۔ ڈاکٹروں نے اسے فی الحال ایڈمٹ کر لیا تھا۔ اس نے بلڈنگ کے چوکیدار کو فون کر کے نعیم صاحب کو اطلاع دینے کی تاکید کی۔ شام سے پہلے نعیم صاحب — دونوں خواتین کے ہمراہ اسپتال آ گئے۔ اس نے ان

کے بغیر پوچھے ہی ببلو کا حال بتا کر تسلی دی۔ پھر ان سے اجازت لے کر گھر چلا آیا۔ اسے خوشی تھی کہ وہ اپنے پڑوسی کے کام آیا۔ پھر جتنے دن ببلو اسپتال میں رہا—وہ پابندی سے اسے دیکھنے جاتا رہا—اور اس کے لئے پھل اور چاکلیٹ وغیرہ بھی لے جاتا رہا—نعیم صاحب سے بھی ببلو کے تعلق سے ایک آدھ بات ہو جاتی تھی—شناسائی کے لئے گو یہ حادثہ خوش گوار نہیں کہا جا سکتا تھا۔ تاہم وہ اپنے دل میں خوش تھا کہ کسی طرح سہی ایک پڑوسی سے کچھ جان پہچان تو ہوئی۔

ببلو کو اسپتال سے چھٹی ہو گئی اور وہ گھر آ گیا اسے بھی یک گونہ اطمینان ہوا۔ اس دن زینہ چڑھتے ہوئے نعیم صاحب نظر آئے تو اس نے چاہا کہ انہیں روک کر ببلو کی خیریت پوچھ لے۔ لیکن نعیم صاحب اس کی طرف دیکھے بغیر سیڑھیاں اترتے چلے گئے۔ اور جان پہچان ہونے کی خوشی آنِ واحد میں کافور ہو گئی۔

شہر کی فضا کئی دن سے تناؤ پورن تھی—ایک اتفاقی حادثے کو فرقہ وارانہ رنگ دے کر اچھی بھلی فضا کو مسموم کرنے کی کوششیں جاری تھیں۔ آخر یہ کوششیں رنگ لائیں۔ اور فساد پھوٹ پڑا اس کا علاقہ بھی فساد کی زد سے محفوظ نہ رہا—پولیس کے اعلیٰ افسران نے فساد زدہ علاقوں میں کرفیوں لگا دیا—دو تین روز تک مسلسل کرفیو لگا رہا تو بیشتر گھروں میں ضروریات کی چیزوں کی کمی کی وجہ سے ہائے توبہ مچ گئی۔ اس کی بلڈنگ میں روزانہ دودھ انڈے اور ڈبل روٹی پہنچانے والے نہیں آئے۔ سبزی کے ٹھیلے بھی غائب ہو گئے۔ لوگ اپنے گھروں میں قید ہو کر رہ گئے تھے۔ اسے تو خیر پریس کی گاڑی لینے اور پہنچانے آتی تھی۔ اور اسے کرفیو پاس بھی ملا تھا۔ اس نے دوڑ دھوپ کر کے دوسرے علاقوں سے سے دودھ کے پیکٹ، ڈبل روٹی و سبزی وغیرہ فراہم کی اور بلڈنگ کے فلیٹوں میں مطلوبہ سامان پہنچایا—پھر تو کاموں کا ایک سلسلہ شروع ہو گیا۔ مصرا جی بیمار تھے۔ ان کی دوائیں لانے کی ذمے داری اس نے خود لے لی ناگر جی کی بہو کو دردِ زہ شروع ہوا تو وہ دفتر کی گاڑی میں اسے نرسنگ ہوم لے گیا—میٹھا بھائی کو کسی کام سے شہر کے باہر جانا تھا۔ اس نے انہیں اسٹیشن پہنچایا۔ بوڑھی کاکی کے پیروں میں گٹھیا کا درد بھی انہیں دنوں اٹھنا تھا۔ ان کے لئے مالش کا

تیل اور دوائیں بھی لا کر دیں۔ چوکیدار کے لئے نسوار کا انتظام بھی کیا۔ لگتا تھا کہ بلڈنگ والوں کی پریشانیاں۔ بیماری اور دکھ درد کرفیو لگنے کا ہی انتظار کر رہے تھے۔ خدا خدا کر کے پانچویں دن کرفیو میں دو گھنٹے کی ڈھیل دی گئی۔ پھر دن کا کرفیو ختم ہوا۔ رفتہ رفتہ شہر کے حالات معمول پر آگئے۔ اور زندگی کے معمولات پہلے کی طرح نارمل ہو گئے۔ ساتھ ہی پڑوسیوں کے رویئے میں بھی تبدیلی آگئی — اب کسی کو اس کی ضرورت نہیں تھی۔ وہ لوگ جو اپنی ہر ضرورت کے لئے اس کا منہ دیکھتے تھے۔ ایک بار پھر اجنبی بن گئے۔ وہ تو حیران بھی نہ ہو سکا کیونکہ وہ ان باتوں کا عادی تھا۔

کئی دن سے وہ بخار میں مبتلا تھا — دفتر سے چھٹی لے رکھی تھی — شروع میں تو دو تین بار خود ہی ڈاکٹر کے پاس گیا۔ اور دوائیں پھل اور خورد و نوش کا سامان لے آیا۔ لیکن پچھلے دو دن سے اس کی طبیعت زیادہ خراب تھی کمزوری کا یہ حال تھا کہ بستر سے اٹھ کر چائے تک بنانا محال تھا۔ پھر تو اسے اپنا ہوش ہی نہ رہا — دودھ والا — اور اخبار والا اپنا فرض ادا کر چکے تھے۔ بلڈنگ کے ہر فلیٹ میں اس کی بیماری کی خبر پہنچ چکی تھی۔ لیکن کس کو فرصت تھی جو آ کر اس کا حال چال پوچھتا — یا دوا — دارو اور کھانے پینے کا خیال رکھتا — میٹھا بھائی کے پوتے کا نام کرن تھا — ان کے فلیٹ میں دن رات ڈھولک بج رہی تھی — ناگر جی ان دنوں بلڈنگ کی طرف سے ہونے والے دیوی جاگرن کی تیاریوں میں مصروف تھے۔ بوتل والا کی دیسی شراب کی پیٹیاں پکڑی گئی تھیں وہ بھی اپنے حالوں سے پریشان تھے — نعیم صاحب، مصرا جی، یعنی بلڈنگ کے تقریباً سب لوگ بے حد مصروف تھے۔ ایسا بھی نہیں تھا کہ وہ اس کی بیماری سے لاعلم ہوں۔ چلتے پھرتے۔ آتے جاتے ایک دوسرے سے اس کا حال، چال پوچھتے تھے — یا خود ہی اس کی بیماری کی اطلاع دوسروں کو دے کر اپنا فرض نبھاتے تھے۔ وہ کس حال میں ہے اس کی کسی کو فکر نہیں تھی۔ خدا جانے یہ بے ہوشی کتنی طویل تھی — اس نے آنکھیں کھولیں تو ایک اجنبی چہرہ اس کے سامنے تھا۔ جھرّیوں بھرے چہرے پر شفیق مسکراہٹ بکھی ہوئی تھیں — اور دھنسی ہوئی آنکھوں میں شناسائی کی چمک تھی۔

''کیسی طبیعت ہے بابو—؟''

اور پھر اس کا جواب سنے بغیر اس نے بہت آہستہ سے بے حد پیار سے اس کا سر اٹھایا۔ اور اپنے سہارے اسے بٹھا دیا—

''لو یہ دودھ پی لو۔'' اس نے نیم گرم دودھ کا کپ اس کے منہ سے لگا دیا—

''ڈاکٹر ابھی تمہیں دیکھ کر گیا ہے۔ سوئی لگا دی ہے کہہ رہا تھا کہ گھبرانے کی کوئی بات نہیں ہے۔ ڈٹ کر کھاؤ پیو گے تو کمزوری دور ہو جائے گی۔ پورے دو دن بے ہوش رہے ہو۔ وہ تو اچھا ہوا کہ دودھ والے بھیّا نے مجھے بتا دیا۔ اور میں ڈاکٹر کو لے آیا''—

''بابا— تم—؟''

اسے شرمندگی ہوئی کہ وہ اس مہربان بوڑھے کو نہیں پہچان سکا یقیناً اس کے ہوش و حواس جواب دے گئے ہیں۔ ورنہ شناسائی کا تعلق اتنا کمزور نہیں ہوتا۔

''بابو میں خدا بخش ہوں۔ بلڈنگ کے سامنے والی فٹ پاتھ پر بیٹھتا ہوں۔ کرفیو کے دنوں میں تم نے مجھے کئی بار ڈبل روٹی اور دودھ کا پیکٹ دیا تھا— کچھ یاد آیا—؟—

مہربان اجنبی نے یاد دلایا—

''خدا بخش—'' اس نے ذہن پر زور دیا۔ اور اس کی نظروں کے سامنے وہ بوڑھا بھکاری آ گیا۔ جس کو ترس کھا کر کرفیو کے دنوں میں کچھ کھانے پینے کو دیا تھا۔ اس وقت بھی اس کی آنکھوں میں ایسی ہی چمک تھی۔

اسے محسوس ہوا کہ پوری دنیا میں ایک بس وہی اس کا شناسا ہے۔ اجنبی چہروں کی بھیڑ میں وہ ایک چہرہ۔ اپنا اپنا سا— مانوس سا۔ شناسائی کی چمک لئے ہوئے وہ آنکھیں بڑی ہوتی گئیں— پھیلتی گئیں— اور پھر پوری کائنات ان آنکھوں میں سما گئی۔

اس نے دھیرے سے آنکھیں موند لیں۔ آسودگی کی ٹھنڈی لہر اس کے رگ و پے میں پھیل گئی— یہ اطمینان کیا کم تھا کہ اب وہ تنہا نہیں ہے—

☆☆

فرشتہ

یہ اس کی ملازمت کا پہلا دن تھا—جی ایم شاہ، انتہائی نیک اور شریف انسان تھے—ویسے بھی ان کی عمر اب شرافت کی حدوں میں آتی تھی یعنی وہ بچپن سے تجاد کر چکے تھے—سر کے بال درمیان سے اُڑ گئے تھے۔ جسم خاصا فربہ تھا—چھوٹی چھوٹی آنکھیں عینک کے شیشوں کے عقب سے شفقت اور مہربانی کی پھواریں برساتی رہتی—لہجہ انتہائی نرم وشیریں تھا—

انہیں دیکھ کر نمیتا کو اپنے پاپا یاد آجاتے تھے وہ بھی ایسے ہی مہربان اور شفیق تھے۔ ایسی ہی مہربان آنکھیں—اور ایسا ہی نرم لہجہ—لیکن موت کے بیرحم ہاتھوں نے انہیں ہمیشہ کے لئے اس سے چھین لیا—اور ان کی چتا کے ساتھ ہی اس کی مسرتیں بھی جل کر خاکستر ہوگئیں۔

بدنصیبی یہ تھی کہ وہ اپنے والدین کی پہلی اولاد تھی—اور بدنصیبی اس لئے کہ پہلی اولاد اگر لڑکی ہو تو ماں باپ کو اس کی شادی کی فکر دامنگیر رہتی ہے—لیکن اس کے بابا بے حد روشن خیال تھے—انہوں نے اس کی تعلیم کو مقدم سمجھا کئی رشتے آئے لیکن انہوں نے یہ کہہ کر واپس کر دیے کہ نمیتا ابھی پڑھ رہی ہے۔ ممی ان کی اس بات پر بہت ناراض ہوتیں—لیکن پاپا نے انہیں یہ کہہ کر سمجھا دیا کہ لڑکی تعلیم یافتہ اور برسرِ روزگار ہو تو زیادہ بہتر رشتے ملتے ہیں۔ پھر ماں باپ کو بھی—اطمینان رہتا ہے کہ ان کی بیٹی کسی کی دست نگر نہیں ہے ممی نے تو ساری عمر ان کی بات مانی تھی—یہ بات بھی مان لی—اور وہ

ٹھاٹ سے پڑھتی رہی—

اس کا بی اے کا رزلٹ نکلا تو پاپا نے اس کی اعلیٰ تعلیم کے منصوبے بنائے۔ اس کی کامیابی کی خوشی میں پارٹی دی۔ اور اس پارٹی میں نیتا پہلی بار کپل سے متعارف ہوئی۔ کپل اس کے پاپا کے دوست کا رشتے دار تھا— پہلی ہی ملاقات میں اس نے نیتا کو پسند کرلیا— اور اس کا اظہار بھی کردیا— لیکن اس سے پہلے کہ کپل رشتے کی بات کرتا ایک حادثہ میں پاپا کی موت ہوگئی— اور وہ شفیق اور محبت کرنے والی ہستی— ہمیشہ کے لیے جدا ہوگئی—

ماں زمین پر بیٹھی رو— روکر بین کررہی تھی—

''ہائے بھگوان اب کیا ہوگا—''؟

''ہمارا بیڑا کیسے پار لگے گا؟''—

— اور نیتا سوچ رہی تھی کہ اسے اپنے پریوار کے لیے کچھ کرنا ہوگا— بھائی چھوٹے ہیں۔ می بھی زیادہ لکھی پڑھی نہیں ہیں— سب کچھ اس کے اوپر ہے۔ یہ پریوار اب اس کی ذمّے داری ہے—

— اور کپل'— اس کی آنکھوں کے پیغام؟— اس کا پیار—؟ انہیں بھولنا ہوگا—''—

کپل تعزیت کرنے آیا تو وہ اس کے سامنے بیٹھی خاموشی سے اپنے ناخن کی پالش کھرچتی رہی—

''تم نے کیا سوچا نمی؟''—

کپل اس کے کاندھے پر ہاتھ رکھے پوچھ رہا تھا—

''کپل— میں اس وقت صرف اپنے گھر والوں کے لیے سوچ رہی ہوں— اپنے لیے نہیں''—

''میرے لیے بھی نہیں؟''

''دیکھو کپل! حالات اچانک ایسے موڑ پر لے آئے ہیں کہ میں کسی کے لیے کچھ سوچنا نہیں چاہتی میری جگہ تم ہوتے تو کیا کرتے— کپل—؟''—

"تم ٹھیک کہتی ہو نمی"۔۔۔

"تم میری راہ مت دیکھنا کپل ۔۔۔ اور بیاہ کر لینا"

"وہ تو بعد کی بات ہے۔ نمی ۔۔۔ ابھی تو میں کچھ روز کے لیے باہر جا رہا ہوں ۔۔۔ میری واپسی تک اگر تمہارا فیصلہ بدل جائے ۔۔۔ تو میں ۔۔۔"

۔۔۔ اور کپل چلا گیا ۔۔۔ وہ اپنی بی اے کی ڈگری لیے نوکری تلاش کرتی رہی ۔۔۔ نہ کوئی اضافی ڈپلوما تھا ۔۔۔ نہ ہی تجربہ ۔۔۔ ہر انٹرویو میں سیکڑوں لڑکیاں آتیں ۔۔۔ اس کی طرح ضرورت مند۔ حالات کی ماری ۔۔۔ مجبور اور بے بس ۔۔۔ تب اسے پتہ چلا کہ تنہا وہی ضرورت مند نہیں ہے ۔۔۔

پھر وہ ٹائپ اور شارٹ ہینڈ بھی سیکھنے لگی ۔۔۔ کم از کم چھ ماہ میں وہ اس کی مہارت حاصل کر سکتی تھی ۔۔۔

حسبِ معمول ایک دن وہ انگریزی روز نامہ میں ضرورت کے اشتہار دیکھ رہی تھی ۔۔۔ ایک پرائیوٹ کمپنی کے لئے پرسنل اسسٹنٹ کا اشتہار دیکھ کر اس نے بھی ۔۔۔ درخواست بھیج دی ۔۔۔ انٹرویو ہوا ۔۔۔ اس نے نڈر ہو کر جواب دیئے یہ تو طے تھا کہ جگہ اسے نہیں ملے گی ۔۔۔ پھر خواہ مخواہ خوفزدہ ہونے سے کیا فائدہ؟ لیکن اس بار وہ سلیکٹ کر لی گئی ۔۔۔ اور اس نے کام شروع کر دیا ۔۔۔ ویسے تو وہ جی۔ ایم شاہ کی پرسنل اسٹنٹ تھی۔ لیکن جب مسٹر شاہ نہ آتے تو اسے مسٹر کھرانہ سے احکامات لینا ہوتے ۔۔۔ اور مسٹر کھرانہ اسے ایک آنکھ نہ بھاتے ۔۔۔

مسٹر کھرانہ ۔۔۔ مسٹر شاہ کی ضِد تھے ۔۔۔ پھولا ۔۔۔ پھولا چہرہ ۔۔۔ باہر کو اُبلی ہوئی لال ۔۔۔ لال آنکھیں ۔۔۔ سوجے ہوئے پپوٹے ۔۔۔ کثرتِ سگریٹ نوشی سے ہونٹ سیاہ۔ اور اس نے سنا تھا کہ وہ پیتے بھی ہیں۔ سچ تو یہ تھا کہ اسے ان کے کیبن میں جاتے ہوئے بھی خوف آتا تھا۔ وہ کہتے بیٹھیئے" ۔۔۔ لیکن وہ کھڑی رہتی وہ اتنی عجلت میں ان کے کمرے سے باہر نکلتی جیسے اندیشہ ہو کہ ابھی مسٹر کھرانہ اٹھ کر اس کو پکڑ لیں گے۔ ذرا ان کی کرسی ہلتی ۔۔۔ اور وہ بِدک جاتی۔ پتہ نہیں مسٹر کھرانہ نے اس کی یہ حرکتیں نوٹ کی تھیں یا نہیں"۔

ایک آدھ بار یہ بھی ہوا کہ وہ بس کے انتظار میں کھڑی ہوتی اور مسٹر کھرانہ اس کے نزدیک آ کر کار روک دیتے پھر بڑے اخلاق سے کہتے —

''میں آپ کو ڈراپ کر دوں مس نمیتا؟ —''

''اوہ نو سر — میری بس آتی ہوگی'' —

— اور مسٹر کھرانہ اپنی مکروہ مسکراہٹ کے ساتھ دفع ہو جاتے — تو وہ اطمینان کی سانس لیتی — اس نے اکثر نوٹ کیا تھا کہ مسٹر کھرانہ دیر تک آفس میں بیٹھے رہتے ہیں شاید اس کے انتظار میں وہ ایسا کرتے تھے — جب وہ بس اسٹاپ پر سڑ رہی ہوتی تھی تو وہ اَدبَدا کر باہر آ جاتے — کہ شاید وہ ان کی نئی ماروتی کار میں بیٹھنے کی لالچ میں لفٹ لے لے — لیکن نمیتا نے کبھی ہاں نہیں کی — وہ تو آفس میں بھی بے حد ریزرو رہتی تھی — ویسے مسٹر شاہ نے بھی اسے سمجھا دیا تھا کہ وہ بس اپنے کام سے کام رکھے — اور کسی کو فری ہونے کا موقع نہ دے۔ شروع میں تو آفس کے کئی لوگوں نے اس سے بے تکلف ہونے کی کوشش کی۔ مسٹر مجمدار روز لباس بدل کر آنے لگے — ہیڈ کلرک نے اپنے چشمے کا دس سال پرانا فریم بدل ڈالا — دفتر کے بابوؤں میں سوٹ اور ٹائیوں کا مقابلہ شروع ہو گیا تھا — سینٹ اور آفٹر شیو لوشن کے ساتھ کریموں کا سارا اسٹاک پہلے ہفتے میں خرچ کر ڈالا گیا۔ اسے چائے اور کافی آفر کی گئی — فلم کے ٹکٹ خریدے گئے — لیکن اس کے سرد رویئے نے سب کے ارمانوں کو ٹھنڈا کر دیا۔ کچھ دن کے بعد سب اسی بے ڈھنگے پن سے آنے لگے —

پورے آفس میں وہ بس مسٹر شاہ سے کھل کر بات کرتی تھی۔ عمر میں بڑے ہونے کے باوجود وہ اس سے بڑی عزت سے پیش آتے تھے —

'نمیتا جی! وہ فائل کمپلیٹ ہوگئی — ؟ —

''نمیتا جی! بس باقی کا کام کل دیکھئے گا — تھک گئیں تو بیمار پڑ جائیں گی'' —

اگر کہیں باہر نہ جاتے تو لنچ کے ٹائم اسے بھی بلا لیتے — اور وہ بھی تکلف نہیں کرتی تھی — ایک بار وہ بیمار ہوئی اور بھائی چھٹی کی درخواست لے کر گیا تو وہ اس کے ساتھ ہی گھر آ گئے۔ اپنے فیملی ڈاکٹر کو بلا کر دکھایا — اور جب اس نے ڈاکٹر کی فیس اور

دواؤں کے پیسے دینا چاہے تو اداس ہو گئے ——

"آپ ہمیں غیر سمجھتی ہیں نیتا جی!؟" ——

"نہیں سر —— مجھے معاف کر دیجئے" ——

اسے محسوس ہوا کہ اس نے انجانے میں انہیں گہرا دُکھ پہنچایا ہے —— یقیناً ان کے خلوص کی کوئی قیمت نہیں تھی —— ان کی مہربانی اور شفقت میں اس نے اپنے پاپا کی شفقت پائی تھی۔ ایک بار اس کے منہ سے باتوں باتوں میں نکل گیا کہ اگلے روز اس کی برتھ ڈے ہے۔ تو دوسرے دن وہ کیک اور تحائف سے لدے گھر آ گئے۔ اس کا کوئی ارادہ نہیں تھا برتھ ڈے سیلیبریٹ کرنے کا —— لیکن مسٹر شاہ نہیں مانے —— پھر گھر والوں نے بھی پارٹی کا اہتمام کر ڈالا اکثر پاپا بھی اسی طرح سرپرائز دیا کرتے تھے۔ جس روز مسٹر شاہ آفس نہ آتے تو اسے دن میں دو تین بار مسٹر کھرانہ کے روم میں جانا پڑتا تھا —— وہ سخت متوحش رہتی۔ اسے ان کی اُبلی ہوئی آنکھوں سے بے حد خوف آتا تھا —— اگر اسے ان کے سامنے دیر تک رُکنا پڑتا —— تو وہ دل ہی دل میں جلد رہائی ملنے کی دعائیں مانگا کرتی۔ کئی دفعہ اس کا جی چاہا کہ وہ مسٹر شاہ سے مسٹر کھرانہ کی شکایت کر دے —— لیکن کیا کہتی —— ؟ —— انہوں نے تو اس سے ایک بار بھی کوئی ناشائستہ لفظ نہیں کہا تھا —— لیکن وہ اچھی طرح سمجھتی تھی کہ یہ جو اوپر سے بے حد مہذّب اور شریف بننے کی ایکٹنگ کرتا ہے۔ دراصل سخت کمینہ اور بد معاش ہے۔ اور اب تک نہ جانے کتنی لڑکیوں سے فلرٹ کر چکا ہوگا —— نہ جانے کس کس کی عزّت ——" اور اسے تو یہ سوچ کر ہی جھرجھری آ جاتی تھی —— اکثر وہ مسٹر شاہ کا موازنہ مسٹر کھرانہ سے کرتی تو خود پر نفرین کرنے لگتی کہ بھلا ان کا کیا مقابلہ —— ؟ ایک سر تا پہ شرافت دوسرا —— سر تا پہ غلاظت —— اور اس روز تو وہ مسٹر کھرانہ سے اور بھی چڑ گئی —— جب انہوں نے ایک فائل اس کے سامنے رکھتے ہوئے سنجیدگی سے کہا —— "مِس آپ اپنے کام میں لاپرواہ ہوتی جا رہی ہیں اسے ایک ہفتے سے پینڈنگ میں ڈال رکھا ہے کل اسے ضرور پورا کر دیجئے" ——

"ہُنہ —— کیسے رعب جھاڑتا ہے —— ابھی اس کے ساتھ لنچ کرنے لگوں —— گاڑی میں لفٹ لینے لگوں —— تو کبھی پلٹ کر نہ پوچھے گا کہ تم نے کیا کام کیا —— ؟"

اب تک تو وہ محض اس کی شکایت کرنے کے بارے میں سوچ کر رہ جاتی تھی —
اب اس نے تہیہ کر لیا کہ جس روز بھی موقع ملا — بچّو کی شکایت ضرور کروں گی —

مارچ کا مہینہ تھا۔ اور کام کا بوجھ زیادہ تھا — اکثر مسٹر شاہ آفس ٹائم کے بعد بھی رکتے تھے — اس لئے اسے بھی رکنا پڑتا تھا — واپسی میں وہ اسے کمپنی کی گاڑی سے گھر پہنچوا دیتے تھے — جس روز سے مسٹر شاہ نے رکنا شروع کیا تھا۔ کھرانہ بھی خاصی دیر تک آفس میں بیٹھا رہتا تھا — اسے سخت الجھن ہوتی تھی — آج بھی لنچ ٹائم میں مسٹر شاہ نے اس سے رکنے کے لئے کہا تھا — وہ اپنے کیبن میں بیٹھی ہوئی کام کرتے کرتے نظر اٹھا کر مسٹر کھرانہ کے آفس پر بھی نظر ڈال لیتی تھی۔ پھر اس نے کھرانہ کو باہر جاتے دیکھا تو سکھ کی سانس لی — اسی وقت مسٹر شاہ نے 'انٹرکوم' پر اسے مخاطب کیا —

"نمیتا — ذرا چندرا انٹرپرائیزز اور سوہن اینڈ کمپنی کی فائلیں لے کر آؤ" —

"یس سر! ابھی لاتی ہوں" —

اس نے مستعدی سے کہا — اور فائلیں لے کر ان کے آفس میں چلی گئی۔ مسٹر شاہ آفس ٹیبل کے بجائے صوفہ پر نیم دراز تھے — چھوٹی میز پر ایک گلاس اور بوتل رکھی تھی — اس نے توجہ دیئے بغیر فائلیں تپائی پر رکھ دیں —

"سر! یہ فائلیں ہیں" —

"اوہ! اچھا۔ اچھا۔ آؤ بیٹھو بھئی۔ بڑی تھکن محسوس ہو رہی ہے —"

نمیتا صوفہ کے دوسرے سرے پر ٹِک گئی — ان کی مہربانیوں کے باوجود وہ اس بات کا لحاظ رکھتی تھی کہ وہ اس کے باس ہیں — لیکن مسٹر شاہ نے اس کا ہاتھ تھام کر قریب کر لیا —

"تم تو بے حد تکلّف کرتی ہو نمیتا۔ آرام سے بیٹھو" —

"جی سر — میں بہت آرام سے بیٹھی ہوں" —

وہ ذرا جھجکی — پھر بڑے اعتماد سے پرے کھسک کر بیٹھ گئی — مسٹر شاہ نے گلاس اٹھا کر ہونٹوں سے لگایا — دو تین گھونٹ پینے کے بعد وہ فائلیں دیکھنے لگے — اور

ساتھ ہی قلم سے ایک آدھ جگہ نشان بھی لگاتے گئے—

''نیتا— تم بہت محنت سے کام کرتی ہو— اگلے ماہ سے تمہاری تنخواہ میں اضافہ کردوں گا''—

''تھینک یو سو مچ''—

''تم چاہو تو پانچ سو روپے اس کے علاوہ بھی مل سکتے ہیں— لیکن اس کے لیے تم کو مجھ سے ایک معاہدہ کرنا ہوگا—''

''کیسا معاہدہ سر''؟—

''ایک گھنٹہ آفس کے بعد میرے ساتھ رہنا ہوگا''—

''وہ تو میں اب بھی رہتی ہوں۔ کام زیادہ ہو تو کسی معاہدے کی ضرورت نہیں ہے سر''—

''لیکن یہ معاہدہ خاص میرے لیے ہوگا نیتا—''

مسٹر شاہ نے اس کی کمر میں بازو ڈال کر اسے اپنے قریب کھینچ لیا— نیتا نے پہلی بار ان کی مہربان اور شفیق آنکھوں میں وحشت اور جنون کو رقص کرتے دیکھا— تو وہ ان کی گرفت سے نکلنے کے لیے تڑپی— لیکن تڑپ کر رہ گئی اب اسے ان کی نیت کے بارے میں کوئی شک وشبہ نہیں رہا— اس نے سخت لہجہ میں کہا—

''سر مجھے چھوڑ دیجئے''—

''نمی جان! ایک بار جو میری گرفت میں آجائے اسے چھوڑنا میرا اصول نہیں ہے۔ تم کو پیسوں کی ضرورت ہے۔ اور مجھے تمہاری''—

ان کے منہ سے شراب کے بھبکے نکل رہے تھے— اُف اس نے ان کے متعلق کیا سوچا تھا— اور وہ کیا نکلے؟— غصے سے اس کا بُرا حال ہوگیا—

''آپ مجھے چھوڑ دیجئے— ورنہ میں شور مچا دوں گی''

''کوئی نہیں ہے— ضد نہ کرو نمی میں تمہیں مالا مال کردوں گا—'' اور پتہ نہیں کس امید میں وہ چیخ پڑی—

''کھرانہ صاحب مجھے بچائیے — کھرانہ صاحب — ''—

''کھرانہ کو میں جانے کے لیے کہہ چکا ہوں''

——اور اسی وقت دروازہ کھلا— مسٹر کھرانہ اندر آ گئے اچانک انہیں دیکھ کر مسٹر شاہ کی گرفت کمزور ہوئی— اور وہ تڑپ کر نکلی اور دوڑ کر مسٹر کھرانہ سے لپٹ گئی۔ اس کی ہچکیاں رکنے کا نام نہیں لے رہی تھیں— مسٹر کھرانہ اسے سہارا دے کر باہر لائے— اپنی گاڑی میں بٹھایا— اور گاڑی اسٹارٹ کر دی— وہ روتی رہی لیکن مسٹر کھرانہ خاموشی سے گاڑی چلاتے رہے— بس انہوں نے اس سے گھر کا پتہ پوچھا تھا— جب گاڑی اس کے مکان کے سامنے رکی تو مارے شرم کے اس کی نظریں اوپر نہیں اٹھ رہی تھیں— اس نے آہستہ سے کہا— ''مسٹر کھرانہ میں آپ کا یہ احسان ساری زندگی نہ بھولوں گی''—

''احسان— ''نہیں— نہیں— یہ تو میرا فرض تھا؟''—

''فرض؟''—

''ہاں یہ فرض ہی تو تھا— جو مجھے دوبارہ آفس میں لے گیا— آپ موجود تھیں اور مسٹر شاہ نے 'انٹر کوم' پر مجھے جانے کے لئے کہہ دیا تھا— میں باہر آیا تو مجھے خیال آیا کہ آپ تنہا ہیں۔ اور شاہ ٹھیک آدمی نہیں ہے۔ بس میں واپس آ گیا۔ اور تب ہی آپ نے مجھے پکارا— ''—

''کبھی کبھی انسان کیسا دھوکا کھا جاتا ہے— مسٹر کھرانہ— میں تو مسٹر شاہ کو فرشتہ سمجھتی تھی— ''—

''—اور مجھے راکھشس ؟—

مسٹر کھرانہ خود ہی ہنس پڑے۔ نمیتا سے تو ہنسا بھی نہیں گیا۔ وہ پھر رونے لگی—

''دیکھو اب رونے دھونے میں میرا انعام مت گول کر جانا''—

اس نے ان کی آنکھوں میں پہلی بار دیکھا— کیسی معصومیت تھی ان آنکھوں میں— اس نے بڑے اعتماد سے کہا—

''آپ حکم دیجیے''

"واقعی — سچ مچ — دل سے کہہ رہی ہو"؟ —

"جی ہاں — کیا میرے اوپر بھروسہ نہیں ہے؟"

"پورا بھروسہ ہے۔ اگلے ہفتے رکشا بندھن ہے۔ بس ایک پیاری سی راکھی باندھ دینا — " —

"اوہ — ضرور — آج پتہ چلا کہ ممّی کو میرے پیدا ہونے سے کیوں شکایت تھی — بڑا بھائی ہوتا تو وہ خود ہی سارے پریوار کو سنبھالتا — " —

"ٹھیک کہتی تھیں ممّی — اب تم اپنی ساری ذمّے داری اس کو سونپ دو" —

"کس کو؟" اس نے حیرت سے پوچھا —

"اس کو جو تمہارا خواستگار ہے" —

"کیا آپ کپل کو جانتے ہیں؟" — وہ گھبرا کر کہہ گئی —

مسٹر کھرانہ ہنس پڑے — اور تب وہ سمجھی کہ کھرانہ نے تو اندھیرے میں تیر مارا تھا جو نشانے پر بیٹھا — اسے بڑی شرم آئی — اور وہ جلدی سے اُتر کر گھر کے اندر چلی گئی — مارے شرم کے وہ ان سے اندر آنے کے لیے بھی نہ کہہ سکی۔ کھرانہ گاڑی اسٹارٹ کر کے ہوا ہو گئے۔ ان کی اُبلی ہوئی سرخ آنکھوں کے ڈورے اس وقت کچھ اور زیادہ سُرخ ہو رہے تھے — اور آنکھوں کے کٹورے لبالب بھرے ہوئے تھے — مگر ہونٹوں پر فرشتوں جیسی معصوم مسکراہٹ تھی۔

☆☆

قدآور بونے

سیٹھ نرمل کھتری کی چوک صرّافہ میں زیورات کی دوکان تھی — لاکھوں کا کاروبار تھا۔ سچ تو یہ ہے کہ انہیں اپنی دولت کا خود بھی اندازہ نہ تھا — ان کے بزرگ لین دین کا کاروبار کرتے تھے — سُود کے پیسے میں اوپر والے نے اتنی برکت دی کہ حویلی کھڑی کرلی — حویلی بھی ایسی جس میں کئی آہنی سیف اور خفیہ خانوں والی الماریاں، گردی رکھے گئے زیورات سے اٹا اَٹ بھری ہوئی تھیں۔ اور دادا پر دادا کے وقتوں کی یہ حویلی بھی کسی مضبوط قلعہ سے کم نہیں تھی۔ حویلی بہت شاندار تھی۔ اس کا چھ برجیسوں والا پھاٹک اتنا اونچا تھا کہ ہاتھی مع ہودے کے گزر جائے۔ برجیوں پر چڑھے ہوئے پیتل کے پتر دھوپ میں سونے کی طرح جھل جھل کرتے تھے — اور برقی روشنی میں دور سے لشکارہ مارتے تھے — سیٹھ صاحب کو اپنی آبائی حویلی پر بہت ناز تھا — آس پاس تو کیا دور دور تک ان کی حویلی کی ٹکر کا کوئی دوسرا مکان نہیں تھا — لیکن ان کے بچّوں کو اس حویلی سے کوئی جذباتی لگاؤ نہیں تھا — وہ نئی روشنی اور نئے زمانے کے بچّے تھے — جن کی نظر میں کار کوٹھی اور اونچے اسٹیٹس کی زیادہ اہمیت تھی — جس رفتار سے آبادی میں اضافہ ہو رہا تھا — اسی تیزی سے گلیاں اور سڑکیں سکڑتی جا رہی تھیں — مکان اونچے اور دل تنگ ہوتے جا رہے تھے — حویلی کی ساری شان و شوکت اِردگرد کی بُلند عمارتوں کے پیچھے چھپ گئی تھی — اور گلی اتنی پتلی ہوگئی تھی کہ حویلی کے پھاٹک تک کار جانے میں بھی خاصا وقت لگ جاتا تھا۔ سیٹھ صاحب کو تو اب بھی کوئی شکایت نہیں تھی۔ وہ اپنی حویلی سے نکلتے اور گلیوں، گلیوں ہوتے ہوئے۔ کیچڑ پانی

سے بچتے ہوئے رام، رام کہتے مزے سے اپنی دوکان پر پہنچ جاتے جسے انہوں نے 'شوروم' کا نام دے دیا تھا۔ لیکن ان کے بچے انگریزی اسکولوں میں پڑھ رہے تھے ـــ اوران تنگ اور گندی گلیوں سے گزرتے ہوئے انہیں سخت کوفت ہوتی تھی۔ جس کو دیکھو بان کی کھٹیا ڈالے بیچ گلی میں پڑا مزے سے خراٹے لے رہا ہے پھر وہیں گلی کے نل پر سب لوگ نہاتے دھوتے بھی تھے ـــ ہر وقت کیچڑ پانی اُبلتا رہتا تھا۔ صبح وشام چولہوں کا دھواں کثیف بادل کی طرح سروں پر چھایا رہتا۔ وہ تو اپنے دوستوں کو حویلی میں بلاتے ہوئے بھی شرماتے تھے۔ کہاں صاف ستھرے علاقوں میں بنے ہوئے بنگلے اور کوٹھیاں ۔ روشن اور کشادہ سڑکیں اور کہاں اندھی گلی کے آخری سرے پر بنی ہوئی یہ پرانی حویلی۔ اوپر سے گندگی اتنی کہ ہر سانس کے ساتھ منوں جراثیم پھیپھڑوں میں سما جائیں۔ بچّوں نے دن رات سیٹھ صاحب کا پیچھا لے لیا۔ کہ کسی اچھے اور صاف ستھرے علاقے میں نئی کوٹھی بنوائیں ـــ انہیں اس سے مطلب نہیں تھا کہ زمین سونے کے بھاؤ بک رہی ہے ـــ یا بالو چاندی سے زیادہ مہنگی ہے ـــ

شہر کے فیشن ایبل علاقے میں تو زمین پر ہاتھ رکھنا مشکل تھا۔ قیمتیں آسمان کو چھو رہی تھیں۔ ڈھائی تین سو مربع فٹ کے حساب سے زمین کی قیمت کا تخمینہ لگاتے ہوئے سیٹھ صاحب کی آنکھوں کے سامنے اندھیرا چھا گیا ـــ اور ہاتھ پاؤں ٹھنڈے ہو گئے۔ البتہ شہر سے ذرا باہر زمین کا بھاؤ کچھ نرم تھا ـــ حالانکہ اس ویرانے کو دیکھتے ہوئے وہ بھی زیادہ تھا۔ لیکن پراپرٹی ڈیلر نے اطمینان دلایا تھا کہ سال دو برس میں آبادی مزید بڑھے گی۔ تو یہاں جنگل میں منگل کا مزہ ملے گا۔ اس کی بات کچھ غلط بھی نہیں تھی۔ اس ویرانے میں بھی اکّا دکّا کوٹھیاں اور عمارتیں تعمیر ہو رہی تھیں۔ سیٹھ صاحب کو یہ جگہ پسند آگئی ـــ انہیں اگر کچھ شکایت تھی تو بس یہی کہ سڑک کے دوسری طرف کھلے میدان میں کچّی جھونپڑیوں کا ایک پورا شہر آباد تھا ـــ یہ تو آسمان سے ٹپکے اور کھجور میں اٹکے والی بات تھی۔ جن گندے لوگوں اور گندگی سے بھاگ کر وہ یہاں آرہے تھے ـــ وہ اب قدموں تلے نہ سہی۔ نظروں کے سامنے موجود تھی ہر طرف کوڑے کے ڈھیر پھٹے پرانے۔ میلے کچیلے۔ چیتھڑوں کی بساندھ،

جانوروں کے موت کی کھر اند بجبجاتی ہوئی نالیاں — اور رکل بل کرتے کالے کلوٹے ننگ دھڑنگ بچے — اور خارش زدہ کتے — فرّاٹے سے گالیاں بکتی ہوئی نیم عریاں عورتیں — تاڑی ٹھرّا پی کر بیوی بچوں کی ٹھکائی کرتے ہوئے مرد — اور یہ سارا ماحول ایسا تھا کہ سیٹھ صاحب کو اُبکائی آ گئی — پراپرٹی ڈیلر بھی ایک ہی کائیاں تھا — اس نے فوراً کاروباری داؤں آزمایا — اور کہنے لگا — ''سیٹھ صاحب آپ اس بستی پر نہ جائیں — یہ آج نہیں تو کل خالی ہو جائے گی۔ ایل ڈی اے نے زمین، ایکوائیر' کرلی ہے۔ بہت جلد یہاں پر نئے طرز کی کالونی بن جائے گی — اور کالونی کے ساتھ ہی پارک — شاپنگ سینٹر — اسپتال اور بینک وغیرہ بھی کھل جائیں گے۔ سارا پلان تیار ہے۔ بس کچھ ہی دنوں کی بات ہے''

بات سمجھ میں آنے والی تھی — اس لئے سیٹھ صاحب مان گئے — اور زمین خرید کر نقشہ وغیرہ پاس کرالیا۔ جب تک ان کی کوٹھی بن کر تیار ہوئی آس پاس کی عمارتیں آباد ہو چکی تھیں — اور ان کے مکین سب اعلیٰ تعلیم یافتہ اور مہذّب لوگ تھے۔ اور سب کا تعلق اونچے طبقے سے تھا — ان کے گیٹ پر چوکیدار اور گیٹ کے اندر اعلیٰ نسل کے کُتّے پلے ہوئے تھے۔ گود کے بچے تک گٹ پٹ کرتے تھے۔ ان کی آیائیں بھی'' بابا۔ بے بی گم اور گو کی حد تک انگریزی داں تھیں — ان کی ماروتی کاریں تک انگلش میں 'زُوں۔ زوں' کرتی گزرتی تھیں۔ یعنی سب بڑے لوگ تھے۔ دوسرے لفظوں میں خالص صاحب تھے —

سیٹھ صاحب سے زیادہ ان کی سیٹھانی جی یہاں آکر خوش تھیں۔ اور ایک ہی زقند میں وہ سیٹھانی سے مسز کھتری بن گئی تھیں۔ بچے بھی ساتھ والوں سے کھل کر انگریزی میں بات چیت کرتے تھے — تا کہ گلیوں کی بُو باس والی زندگی کو جلد سے جلد بھول جائیں۔ انہیں تو اب یہ سوچ کر حیرت ہوتی تھی کہ وہ اب تک متوسط اور نچلے طبقے کے لوگوں کے بیچ کیسے رہتے تھے — اور بالکل — 'نان سینس' ٹائپ کی زندگی جیتے تھے — سیٹھ صاحب کو اگر یہاں کوئی فکر تھی تو بس سامنے والی بستی کی تھی جو کینسر کے بھیانک پھوڑے کی طرح ان

کی نظروں کے سامنے زمین کی چھاتی پر بدستور پھیل رہی تھی۔ وہ کئی بار پڑوس میں رہنے والے ڈاکٹروں۔ افسروں، اور تاجروں سے اس مسئلے پر بات چیت کر چکے تھے ـــ ایل ڈی اے والے اب تک سو رہے تھے ـــ ایک جان پہچان والے افسر سے مل کر انہوں نے اس کیس کی فائل نکلوائی۔ لیکن ہوا یہ کہ مطلوبہ فائل بابوؤں کے ہاتھوں میں گلی ڈنڈا کھیلتی رہی ـــ اور اصلی معاملہ جہاں کا تہاں رہا۔ فی الحال اس بستی کے خاتمے کے آثار نظر نہیں آرہے تھے۔ حالانکہ کوٹھی والوں کو بستی والوں سے آرام ہی آرام تھا ـــ اندرونِ شہر نوکروں کا جتنا کال تھا ـــ یہاں ـــ تھوک کے حساب سے کام کرنے والے مل جاتے تھے۔ بستی کی عورتیں کوٹھیوں میں جھاڑو پوچا کرتی تھیں۔ کپڑے دھوتیں برتن صاف کرتیں ـــ اور مرد بھی جی جان سے صاحب لوگوں کی خدمت میں لگے رہتے تھے ـــ لیکن وہی مثل ہے کہ بڑے لوگوں کی بڑی باتیں ـــ اور سو بات کی ایک بات تو یہ تھی کہ نچلے طبقے کے لوگوں سے نفرت کرنا ان کا حق تھا۔ سو وہ بھی حق پر تھے ـــ اور جی بھر کے ان سے نفرت کرتے تھے ـــ کسی صاحب کی کوٹھی میں چھوٹی موٹی چوری ہو جاتی تو شک ان غریبوں پر ہی جاتا۔ آئے دن تھانے کے سپاہی ڈنڈے بجاتے اور گالیاں بکتے بستی میں پہنچ جاتے ـــ کبھی کسی آیا ـــ بیرہ، خانساماں یا مالی سے پوچھ گچھ نہ ہوتی ـــ اور بستی کی وہ بھولی بھالی عورتیں جو ڈاکٹرنی کی چغلی سیٹھانی سے۔ اور سیٹھانی کی چغلی ماسٹرنی سے کر کے اپنی وفاداری کا ثبوت دیتی تھیں۔ سب سے پہلے پکڑی جاتی تھیں۔ رہے مرد تو وہ بے چارے بستی سے بھاگ کر اپنی جان بچاتے تھے۔ اگر نہ بھاگتے تو حوالات کی ہوا کھاتے ـــ

سیٹھ صاحب کئی دن سے چوک صرّافہ نہیں گئے تھے۔ شوروم بند پڑا تھا ـــ شہر کے کئی حلقوں میں کرفیو لگا ہوا تھا ـــ یہی حال سرکاری افسروں، ڈاکٹروں اور تاجروں کا تھا۔ سارے بچّے گھروں میں بندر رات دن اُدھم مچاتے ـــــ اور کرفیو کو دعائیں دیتے جس کی وجہ سے اسکول اور کالج سب بند تھے۔ فرقہ وارانہ فساد کی وجہ سے زندگی مفلوج ہو گئی تھی ـــ بات کوئی خاص نہیں تھی ـــ بس ایک پٹاخہ فساد کا سبب بن گیا تھا ـــ ایک فرقے کا جلوس نکل رہا تھا ـــ دوسرے فرقے کے بچّے نے ترنگ میں آکر پٹاخہ چھڑا دیا۔ اور دیکھتے ہی

دیکھتے اینٹیں ۔ پتھر اور بوتلیں چلنے لگیں اور بات گولیوں سے بموں تک پہنچ گئی۔ پٹاخہ تو محض ایک بہانہ تھا۔نفرت کا لاوا تو مہینوں سے اندر ہی اندر پک رہا تھا۔ جسے باہر نکلنے کے لئے ایسے ہی کسی بہانے کی تلاش تھی۔ایک بچّے کی معصوم شرارت نے شر پسندوں کو موقع فراہم کردیا— اور فساد نے پورے شہر کو اپنی لپیٹ میں لے لیا— اب حال یہ تھا کہ دوست— دوست پر شک کررہا تھا— پڑوسی— پڑوسی سے خار کھانے لگا تھا— بھائی چارہ ، پیار اور اعتماد یہ سارے جذبے خاک وخون میں مل گئے تھے— آئے دن کسی نہ کسی محلّے میں خون کی ہولی کھیلی جاتی۔ آتش زنی— اور لُوٹ مار کی وارداتیں روزمرّہ کی بات ہوگئی تھیں— سب لوگ ایک دوسرے کے خون کے پیاسے ہورہے تھے— ایسے میں ان لوگوں کی بن آئی تھی جن کا کام فساد کی آڑ میں لوٹ مار کرنا تھا— رات کے اندھیرے میں یہ لوگ گھات لگا کر مالدار لوگوں کے گھروں پر اچانک دھاوا بول دیتے۔آتش زنی فائرنگ اور نعروں کے ساتھ لوٹ مار کا بازار گرم ہوجاتا— دوسرے دن اخبار میں ایک نئی سُرخی لگ جاتی۔ ہر فرقہ دوسرے فرقے کو مورِدِالزام ٹھہراتا۔اور اس تیسرے فرقے کا سراغ کسی کو نہ ملتا جو قومی یکجہتی کا بے مثل نمونہ تھا— جس میں انور کے ساتھ ہربنس اور گرمیت سنگھ بھی تھا— جیکب اور لال بھائی بھی تھا۔اور جن کا مذہب ہی پیسہ تھا— صرف پیسہ— اور جن کی کمائی کا ذریعہ آئے دن ہونے والے فساد تھے— کوٹھی والوں کو سب سے زیادہ خطرہ ان بستی والوں ہی سے تھا—

سارے زمانے کے چوراچکّے اس بستی میں جمع تھے۔ وہ لوگ ایک دوسرے کو ان سے خبردار بھی کرتے رہتے تھے— اور دل ہی دل میں ان سے ڈرتے بھی تھے کہ نہ جانے کب ان کی نیت بدل جائے— اور وہ رات کے اندھیرے میں ان پر حملہ کردیں۔

ان کا کیا بھروسہ تھا؟— پولیس تو ویسے بھی ان دنوں شہر کے گنجان علاقوں میں مصروف تھی۔ گنتی کی چند کوٹھیوں سے زیادہ انہیں پُر پیچ گلیوں اور گھنی آبادی والے محلّوں کی فکر تھی— جہاں آن کی آن میں پچاسوں گھر فساد کی لپیٹ میں آجاتے تھے— پھر یہ بھی تھا کہ بڑے لوگوں کے پاس— لائسنسی ہتھیار تھے— سو وہ اپنی حفاظت آپ کرسکتے تھے—

اوران بڑے لوگوں کا یہ حال تھا کہ اپنی کوٹھیوں کے اندر خوف سے دُبکے ہوئے تھے۔فون کی لائینیں بیکار ہو چکی تھیں—— کئی دن سے بجلی بھی فیل تھی—— گورکھا چوکیدار اپنی جانیں لے کر بھاگ گئے تھے——لوہے کے بڑے بڑے گیٹ مقفل تھے——اوران کے الیشین اور بُلڈ اگ ایسے حالات میں مالکوں کی حفاظت نہیں کر سکتے تھے بلوائیوں کے پاس تو تخریب کاری کے ایسے ایسے ساز وسامان موجود تھے جولمحوں میں عمارتوں کو راکھ کا ڈھیر بنا دیتے تھے۔اور فولاد کو پگھلا کر پانی کر دیتے تھے۔سکون کی تلاش میں شہر سے دور رہنے والے یہ صاحب لوگ، اس وقت کو کوس رہے تھے۔جب انہوں نے یہاں گھر بنایا تھا—— خوف و ہراس انہیں پل پل مار رہا تھا——

اس رات بلوائیوں کا ایک جتھا ان کوٹھیوں کی طرف ابھی آ نکلا۔یہاں سے انہیں ڈھیروں مال ملنے کی امید تھی۔یہ بڑے لوگ کالا دھن اپنے باتھ رومز—— اور بیڈ رومز کے خفیہ ٹھکانوں میں چھپانے کے لئے کافی 'نیک نام تھے—— ڈھیر ساری دولت ہاتھ آنے کی خوشی میں ان بلوائیوں نے اس بستی کو بالکل نظر انداز کر دیا تھا۔جہاں کیڑوں مکوڑوں سے زیادہ حقیر مخلوق آباد تھی۔جس وقت حملہ ہوا کوٹھیوں اور بنگلوں میں رہنے والے۔مغرور—— تندمزاج اپنی دولت اور عہدے کے نشے میں چور رہنے والے صاحب سیٹھ اور رئیس بند کمروں میں سکوے سہمے—— تھرتھر—— کانپ رہے تھے——ان کی میم صاحبیں—— اور بابا لوگ کونوں کھدروں میں پناہ گزین تھے—— اور باہر—— گندی بستی کی حقیر مخلوق—— اپنی جان پر کھیل کر بلوائیوں سے برسرِ پیکار تھی—— اچانک—— سینکڑوں ننگے بھوکے لوگوں کا سیلاب اُمڈا تو بلوائی بھاگ کھڑے ہوئے۔بستی والوں نے انہیں میلوں تک کھدیڑ دیا—— اور پھر یہ سارے مُفلس ،قلاّش اور نیم عریاں لوگ کوٹھیوں اور بنگلوں کے چاروں طرف پھیل گئے—— بستی کا چودھری غلام رسول سب کو ہدایت دے رہا تھا کہ پہرے پر کتنے لوگ رہیں گے۔اور گنگو دادا جسے سرکاری افسر صاحب نے چوری کے الزام میں حوالات کی ہوا کھلوائی تھی—— بستی کے لڑکوں کو للکار رہا تھا۔

"کوئی سالا اینگھے آجاوے تو مار مار کے اُو کے بھُس بھر دینا"

صبح ایک ایک کر کے کوٹھیوں کے دروازے اور کھڑکیاں کھلتی گئیں — زرد چہروں والے مرد اور عورتیں باہر نکلیں — سب کی آنکھوں میں ممنونیت — اور احسان مندی کے آنسو تھے — آج صاحب لوگوں کو یہ حقیر لوگ بہت اونچے — بہت عظیم نظر آ رہے تھے — اور ان کے مقابلے میں اپنے قد بہت چھوٹے معلوم ہو رہے تھے —

☆☆

بچ

بچ! معلوم ہوتا تھا کہ یہ لفظ جمی ہی کے لئے بنا ہے۔ شروع شروع میں تو سب نے دبی زبان میں اسے بچ کہا۔ رفتہ رفتہ سب لوگ کھلّم کھلاّ کہنے لگے۔ اور پھر تو یہ بات جمی کو بھی پتہ چل گئی کہ سب لوگ اسے گندے گھناؤنے اور غلیظ نام سے پکارتے ہیں۔

بگڑنے یا روٹھنے کے بجائے وہ ہنس پڑی۔ اس کی کھلکھلاہٹ بے ساختہ تھی—

"ہا— بے چارے"

اس نے گالیاں دینے والوں سے ہمدردی جتاتے ہوئے کہا— اور اپنے تراشیدہ بالوں کو ہاتھ سے برابر کر کے لاپرواہی سے سگریٹ کے کش لینے لگی۔

"ایسی لڑکی جو حد سے زیادہ آزاد خیال ہو"—

"جس کے بے گنتی و بے حساب بوائے فرینڈز ہوں"

"جس کی ہر شام کلب میں گزرتی ہو"—

"سگریٹ اور شراب جس کی زندگی ہو"—

"جو مردوں سے شرمانے اور دور رہنے کے بجائے ان سے حد سے زیادہ فری ہو۔ اور ان کے کاندھے سے کاندھا بھڑا کر بیٹھتی ہو۔ ان کے ساتھ مل کر قہقہے لگاتی ہو"—

"بیویوں کی موجودگی میں ان کے شوہر سے فلرٹ کرتی ہو" ایسی زناٹے دار لڑکی کو بچ نہ کہیں گے تو اور کیا کہیں گے؟"

پہلے دن وہ البرٹ کے ساتھ کلب آئی تھی۔ کولھوں پر منڈھی ہوئی جینز— اور

چپکی ہوئی شرٹ پہنے وہ بالکل 'ہوش' لگ رہی تھی —— سب کے درمیان بیٹھی ہوئی وہ بڑی بے تکلفی سے باتیں کر رہی تھی۔ ہنس رہی تھی۔ اور چھوٹے —— چھوٹے قہقہے لگا رہی تھی —— اور وہسکی کے گھونٹ اور سگریٹ کے کش ایک تواتر سے لے رہی تھی ——

بیگم سلمان، بیگم جواد، مسز چھابا —— رینوبیرَ، روزلین اور مسز کرمانی وغیرہ اس کی اداؤں کو دیکھ کر کھول رہی تھیں۔ وہ کتنے عرصے سے اس کلب کی ممبر تھیں۔ ڈھیروں سُرخی پوڈر تھوپے —— مسکارا لگائے۔ سینٹ کی شیشیاں انڈیلے۔ قیمتی ساڑیوں میں لپٹی —— اور جگمگاتے ہوئے زیورات سے بجی، لمبی لمبی کاروں میں کلب آتی تھیں اور ہر موقع پر جی کھول کر چندہ دیتی تھیں —— ابھی تک کسی مرد کی توجہ اپنی جانب مبذول کرانے میں کامیاب نہیں ہو سکی تھیں اور ان کے سامنے ایک بالکل 'ہونق' سی لڑکی جس کو اپنے سر، پیر تک کا ہوش نہیں رہتا تھا۔ جسے قاعدے کے لباس سے چڑھ تھی —— ڈھنگ سے بال سنوارنے اور میک اَپ کرنے سے اِلرجی ہوتی تھی۔ یوں پلک جھپکتے۔ کلب کے اسمارٹ اور ہینڈسم اور ہیرو ٹائپ کے مردوں میں مقبول ہو گئی تھی —— اور انہیں یہ سوچنے پر مجبور ہونا پڑا تھا کہ یا تو وہ محض جھک مارتی رہی ہیں —— یا جمی ہی کم بخت ایک نمبر کی حرافہ ہے۔ ورنہ یہ الٹی گنگا کیوں بہتی؟ ——

اس میں مردوں کا زیادہ قصور نہیں تھا —— اب ایسی بچھ بچھ جانے والی لڑکی سے کون بے وقوف فائدہ نہ اٹھانا چاہے گا —— ؟''

جمی اس وقت ریاض کے ساتھ ڈانس کر رہی تھی ——

'بچ' —— بیگم جواد نے انہیں دیکھ کر نفرت سے ہونٹ سکوڑے —— اس 'مردود' ریاض پر انہوں نے تحفوں کی بارش کر دی تھی کناڈا سے بھیجے ہوئے مسٹر جواد کے قیمتی سینٹ، ہیئر اسپرے، کیمرہ، ٹائی پن، اور اَلّم غلّم ڈھیروں سامان انہوں نے اس چھوکرے کی نذر کر دیا تھا —— کیسا ان کے آگے پیچھے گھومتا تھا —— اور اب دیکھو تو ایسا کترا کر نکل جاتا ہے۔ جیسے چھو گیا تو اسے کوڑھ ہی تو لگ جائے گا ——

جمی تھک کر ایک میز پر بیٹھ گئی —— ریاض نے اپنے لائیٹر سے اس کے ہونٹوں

میں دبا ہوا سگریٹ سُلگایا — لائیٹر کے شعلے میں جمی کا چہرہ کچھ اور روشن روشن اور دمکتا ہوا نظر آ رہا تھا — ایسا پرکشش کہ بیشتر لوگوں کی نظریں اس پر مرکوز ہو گئیں — وہ ان سب سے لاپرواہ سگریٹ کے کش لے رہی تھی —

"کہئے مس جمی — تھکن اتارنے کا انتظام کیا جائے —؟" —

انل نے اس کے ساتھ والی کرسی پر بیٹھتے ہوئے کہا —

"اوہ — شیور" —

جمی نے مسکرا کر کہا — انل نے وہسکی کا آڈر دیا — اور اس سے ہنس ہنس کر باتیں کرنے لگا — ریاض بھی ان کی باتوں میں حصّہ لے رہا تھا۔ وہسکی کے جام چڑھا کر وہ بالکل تازہ دم تھی۔ اگلے راؤنڈ میں وہ انل کے ساتھ ڈانس کر رہی تھی شاید وہسکی کا احسان اتار رہی تھی — کلب سے واپسی میں مسز ترسیم نے اسے ڈراپ کرنے کی پیش کش کی جسے اس نے شکریہ کے ساتھ قبول کر لیا — اور ان کے ساتھ اگلی سیٹ پر بیٹھ کر ہوا ہو گئی۔

جمی — یعنی جمال آرا — ایک پرائیویٹ فرم میں کام کرتی تھی — معقول تنخواہ — بڑھیا سا فلیٹ، آزادی اور خود مختاری کی زندگی — ان سب نے اسے اونچی سوسائٹی میں ہر دلعزیز بنا دیا تھا — یہ اور بات ہے کہ وہ جنسِ مخالف میں جتنی مقبول تھی — اتنی ہی صنفِ نازک میں بدنام تھی۔ ان کا بس چلتا تو وہ اس کی بوٹیاں کاٹ کر کتّوں کو کھلا دیتیں۔ لیکن مجبوری یہ تھی کہ اپنے نیک خیالات کو عملی جامہ پہنانے میں خود ان کے شوہر مانع تھے۔ وہ ہر شام کلب آتی۔ اور آدھی رات تک ان کے سینوں پر مونگ دلتی رہتی — پھر کسی نہ کسی کے ساتھ چل دیتی — عام طور سے سب کا خیال یہی تھا کہ کار کا ساتھی ہی اس کی رات کا بھی ساتھی بنتا ہوگا — لیکن یہ صرف خیال ہی تھا — ابھی تک کسی نے اس بات کی تصدیق نہیں کی تھی — سارے مرد ایک نمبر کے گھنّے تھے — کیا مجال جو ایک لفظ جمی کے خلاف پھوٹتے ہوں — سب اپنے اپنے دل کا حال چھپا ڈالتے تھے — صنف نازک تو بغیر کہے ہی ہر بات سمجھ لیتی تھی —

جمی جس فرم میں کام کرتی تھی — اس کی اسٹینو مسز اگبرٹ چند روز بیمار رہ کر

مر گئیں — مسٹر اگبرٹ پہلے ہی مر چکے تھے — اور اپنے اکلوتے بیٹے مونٹی کا وہی ایک سہارا تھیں — اور ماں باپ دونوں کے فرائض پورے کرتی تھیں۔ ان کی موت کے بعد مونٹی بالکل اکیلا رہ گیا۔ جس وقت شیشوں والی گاڑی (Hearse) میں ایک خوب صورت سے تابوت میں رکھکر مسز اگربٹ کا جنازہ گھر سے رخصت ہوا۔ مونٹی آیا کی انگلی تھامے سہا سہا کھڑا تھا — ایک ایک کر کے سارے لوگ چلے گئے۔ بس جمی آنسوؤں سے لبریز آنکھوں سے یہ دلدوز منظر دیکھ رہی تھی — اور جب برداشت نہ ہوا تو اس نے مونٹی کو لپٹا لیا —

"بیٹے — میں تمہارے پاس رہوں گی — ہمیشہ ہمیشہ کے لئے — تم میرے بیٹے ہو — میرے لال ہو" —

جمی — مونٹی کو پیار کرتی رہی — روتی رہی — تڑپتی رہی — اس رات وہ وہیں رہی — دوسرے دن وہ مونٹی اور آیا کو اپنے فلیٹ لے آئی — اب مونٹی اس کی ذاتی داری بن چکا تھا۔ مونٹی کا سارا کام وہ اپنے ہاتھ سے کرتی تھی۔ اسے آیا کے ساتھ اسکول بھیج کر تب آفس جاتی تھی۔ شام کو کلب جاتی تو سب کے اصرار کے باوجود نہ رکتی۔ جلد ہی گھر واپس آجاتی تھی — اس کے دوست تو مونٹی کے نام سے جلنے لگے تھے — یہ بھی کوئی بات ہوئی کہ اچھی بھلی شام کا ستیاناس کرلیا جائے — وہ بھی پرائے بچے کے لئے — عورتیں اس کی باتوں سے اور زیادہ نالاں تھیں۔

"ارے ایک نمبر کی چھنال ہے یہ جمی — مسز جواد نے فتویٰ دے ڈالا —

"یہ تو محض اگبرٹ کا مال تال ہضم کرنے کے لئے سارا ڈرامہ کھیل رہی ہے۔ دیکھ لینا چند روز کے بعد لونڈے کو دھتا بتائے گی"

"اونہہ — سچ" — آج تک خود تو لنڈوری گھومتی ہے۔ تیرے میرے مردوں سے عشق لڑاتی ہے۔ یہ خاک پرایا بچہ پالے گی؟"

سریتا سانیال نے دل کی بھڑاس نکالی۔ اور پھر یہ ہوا کہ آنکھ کے اندھے اور گانٹھ کے پورے مسٹر ذوالفقار علی عرف ذلفی کو خدا جانے جمی کی کون سی ادا بھا گئی کہ وہ ایک دم اس سے شادی پر آمادہ ہو گئے۔ کلب کی حسین، خوبرو، اسمارٹ اور فیشن ایبل صاحبزادیوں کی

امیدوں پر اوس پڑ گئی۔ سب کی سب اس کروڑ پتی شاہزادے کی آس لگائے بیٹھی تھیں اور اب تک نہ جانے کتنے ڈنر اور لنچ ان کے اعزاز میں دے چکی تھیں لیکن ہوا یہ کہ کم بخت جمی نے انہیں سموچا ہی ہتھیا لیا اور وہ اس کو شریکِ زندگی بنانے کے لئے مچل گئے۔

ان کی شادی میں روڑا ثابت ہوا مونٹی — ذلفی نے لاکھ لاکھ جمی کو سمجھایا — کہ وہ اسے کسی اچھے ہل اسٹیشن کے فرسٹ کلاس اسکول میں داخل کرا دیں گے — ہر مہینے وہ اسے جا کر دیکھ آیا کرے گی — اس کے کُل اخراجات وہ بخوشی برداشت کریں گے۔ لیکن جمی کی ایک ہی ضِد تھی کہ وہ مونٹی کو ایک پل کے لئے جدا نہیں کرے گی۔ خواہ یہ شادی ہو یا نہ ہو۔

کئی ہفتوں کی کشمکش کے بعد ذلفی نے ہتھیار ڈال دیئے ''جمال آرا — تم جیتیں —— ہم ہارے — تمہاری ہر شرط منظور ہے — '' —

—— اور دونوں کی شادی ہو گئی اور کلب کی وہ حسینائیں جو اس کشاکش سے پھر پُر امید ہو گئی تھیں — ایک بار پھر شکست کھا گئیں —

اس رات کلب میں جمی اور ذلفی کی طرف سے دوستوں کو شاندار پارٹی دی گئی تھی۔ جمی سرخ چوڑے باڈر کی بنارسی ساڑی میں لپٹی — عام دنوں سے زیادہ — بلکہ کہیں زیادہ حسین اور باوقار لگ رہی تھی۔ ذلفی اس کا بازو تھامے — دوستوں کے درمیان گھوم رہے تھے — انہیں اس طرح دیکھ کر گمان ہوتا تھا کہ شاید ذلفی کو اب بھی یہ خوف تھا کہ اگر ایک پل کے لئے بھی جمی کا ہاتھ چھوڑا — تو وہ سدا کے لئے چھوٹ جائے گی — صنفِ نازک حسبِ دستور اور حسبِ معمول جل جل کر کباب ہو رہی تھی — اور ان کے شوہر اور محبوب آج بھی اس کے آگے اسی طرح بچھے جا رہے تھے۔ جیسے کہ شادی سے قبل بچھتے تھے۔

کلاک نے گیارہ بجائے تو جمی چونک پڑی۔ زلفی کے کان میں آہستہ سے سرگوشی کرتے ہوئے بولی —

''گھر چلئے ذلفی — مونٹی اکیلا ہوگا — '' —

''اوہ — آیا تو ہے جم'' —

ذلفی ابھی جانا نہیں چاہتے تھے —

''لیکن وہ میرے بغیر سوئے گا نہیں ذلفی — پلیز بس اب چلئے'' —

''اچھا — اچھا'' —

ذلفی کھڑے ہو گئے۔ اور اس کی کمر میں ہاتھ ڈال کر دوستوں سے معذرت کرتے ہوئے کار کی سمت بڑھ گئے۔ پارٹی پورے شباب پر تھی —

''بیچ'' —

کسی نے آہستہ سے کہا — ان کی کار زن سے نکلی چلی گئی — اور جیسے کلب کی رونقیں بھی ختم ہو گئیں —

بچ کے جاتے ہی —

☆☆☆

کھوٹا سکّہ

آج وہ برسوں بعد میرے سامنے تھی۔اس کے لبوں پر وہی مخصوص مسکراہٹ بجی تھی جو اس کی شخصیت کی پہچان تھی۔اور میں جب بھی اسے یاد کرتی۔اس سے پہلے اس کے مسکراتے ہوئے گلابی ہونٹ میرے تصور میں ابھر آتے۔

''ہیلو آشو ——— کیسی ہو؟''

میں اسے اپنے سامنے دیکھ کر خوش ہوگئی۔

''تھینک یُو ڈاکٹر ——— میں ٹھیک ہوں ——اور آپ؟''

''فائین —— تم بتاؤ اتنے دن کہاں رہیں؟'' ——

''کبھی کہیں —— کبھی کہیں —— اور کبھی کہیں بھی نہیں ——

کوئی ایک جگہ ہو تو بتاؤں —— فی الحال امریکہ سے آرہی ہوں ——'' وہ میرے سامنے بیٹھ گئی ——

''—— لیکن —— میں نے تو سنا تھا کہ تم نے شادی کر لی کیا نام تھا اس کا —— ؟''

''اَنکت'' —— اس نے دھیرے سے کہا۔

''کیسا ہے وہ ——— کیا اب بھی تمہیں اسی طرح پیار کرتا ہے؟'' میں نے شریر لہجے میں چھیڑا ———

''ڈاکٹر —— یہ بھی پتہ نہیں کہ وہ کہاں ہے؟''

''تو کیا تم نے اس سے؟'' —— کچھ شاک سا لگا۔

''نہیں—'' وہ جیسے پاتال کی گہرائی سے بولی۔

''اوہ— میں سمجھ رہی تھی کہ تم دونوں شادی کر کے خوش وخرم ہو گے؟''—

''میں نے شادی تو کی تھی— لیکن انکت سے نہیں ہیزل سے— وہ بھی 'جسٹ فار انجوائے منٹ' نہ وہ سیریس تھا— اور نہ ہی میں بس ایک تجربہ کیا تھا۔''

وہ مسکرائی—

''ایک منٹ آشو—'' میں نے اس کی بات کاٹ دی۔

''شادی بیاہ زندگی، بھر ساتھ نبھانے کا عہد ہوتا ہے ایک خوبصورت معاہدہ— جسٹ فار انجوائے منٹ کرنے کے لئے تو ڈھیروں دلچسپیاں ہیں —— لیکن شادی——؟''

میں نے دُکھ بھرے لہجے میں کہا—

''ڈاکٹر! میں انکت کے لئے سیریس تھی— لیکن میں اس کے گھر والوں کے معیار پر کھری نہیں اتری۔ تو اس نے ماں باپ کی پسند سے ایک مالدار لڑکی سے بیاہ کر لیا''—

''مانا کہ اس نے غلط کیا— لیکن یہ ہیزل؟''—

''آپ کو یاد ہوگا میری ایک بہن امریکہ میں ہے۔ ہیزل وہیں ملا تھا— اور میں اسے وہیں چھوڑ کر واپس آ گئی''—

''تم بہت نادان ہو آشو۔ امریکن بھی کہیں بھروسے کے لائق ہوتے ہیں۔ یہ تو ہونا ہی تھا''—

''ہمارے ہندوستانی مرد بھی کچھ کم نہیں ہوتے ڈاکٹر'' وہ تلخی سے مسکرائی تو میں شرمندہ ہو گئی۔ یقیناً وہ میرے بارے میں بہت کچھ جانتی تھی۔ نزل سے میری 'لو میرج' ہوئی تھی۔ لیکن یہ شادی دو سال سے زیادہ نہیں چل سکی۔ اور وہ مجھے ایک بیٹی کا تحفہ دے کر اور میری ذمّے داریوں میں اضافہ کر کے اپنا دامن جھٹک کر الگ ہو گیا۔

''مونی کیسی ہے؟''— اب تو بڑی ہو گئی ہو گی؟''۔

''اچھی ہے—فورتھ کلاس میں پڑھ رہی ہے''۔

''میں اس کے لئے کچھ لائی ہوں۔آپ ناراض تو نہیں ہوں گی؟—ساتھ ہی اس نے پرس سے ایک چھوٹی سی خوبصورت رسٹ واچ نکال کر میرے سامنے رکھ دی—

''اب لے ہی آئی ہو تو ناراض ہونے سے کیا فائدہ—؟''

ایسا کرو شام کو گھر آکر خود اسے دے دو—وہ بھی خوش ہو گی''

''میں کسی دن مونی کو پیار کرنے ضرور آؤں گی۔''

''وہ کھڑی ہو گئی۔''اب میں چلتی ہوں''اس نے ہاتھ جوڑ کر مجھے نمستے کیا۔

''آشو اس طرح کب تک بھٹکتی رہو گی۔کسی اچھے انسان کا ہاتھ تھام لو—''

میں نے خلوص سے کہا۔لیکن میری آواز کا کھوکھلا پن چھپ نہ سکا۔

''اچھے لوگوں کی پیداوار ہی کہاں ہوتی ہے۔ان کے پیدا ہونے سے پہلے ہی ساری اچھائیاں سڑ گل جاتی ہیں۔پھر جو کچھ سامنے آتا ہے۔وہ جنگلی کیکر اور دھتورا ہی ہو سکتا ہے۔انسان نہیں۔ورنہ آپ یوں تنہا نہیں ہوتیں۔جب آپ جیسی سندر پڑھی لکھی اور کامیاب ڈاکٹر کو اب تک کوئی اچھا انسان نہ ملا تو مجھے بھلا کیسے ملے گا۔میں تو گلے گلے برائیوں میں ڈوبی ہوں—اور بُرے کو ہمیشہ برے ہی ملتے ہیں''—

وہ بائی کہہ کر کمرے سے باہر نکل گئی۔لیکن مجھے محسوس ہو رہا تھا کہ وہ اب بھی میرے سامنے بیٹھی ہے۔ایک کھلی کتاب کی طرح اس کی پوری زندگی میرے سامنے تھی—وہ ہمیشہ سے ایسی نہیں تھی۔چند سال پہلے تک وہ ایک عام سی لڑکی تھی—ہم پڑوسی تھے۔حالانکہ ہمارے بیچ میں اَن دیکھا فاصلہ قائم تھا۔لیکن آمنا سامنا ہونے پر ہم ایک دوسرے کو مسکرا کر دیکھتے تھے یہ ایک طرح سے شناسائی کا اعتراف تھا—اس کے سوا کچھ نہیں—نہ ہم لوگ ان کے گھر جاتے تھے—نہ ہی وہ ہمارے ہاں آتے تھے—آشو کے پتا جی اسکول ماسٹر تھے۔ماں سیدھی سادی گھریلو عورت تھی—آشو کی دو بڑی بہنیں اور ایک چھوٹا بھائی تھا—ماں باپ کی ساری توجہ رمیش کی تعلیم اور پرورش پر تھی—وہ اسے اعلیٰ تعلیم دلانا چاہتے تھے۔لڑکیاں تو بس یوں ہی پڑھ رہی تھیں—نہ بھی پڑھتیں تو کوئی فرق نہ پڑتا—

آشو کی بڑی بہنوں کی شادی لشتم پشتم ہوگئی۔ بڑی بہن کا پتی بجلی کا اچھا کاریگر تھا۔ اس لئے سعودی عرب چلا گیا۔ وہاں سے امریکہ نکل گیا۔ چھوٹی بہن اسی شہر میں تھی۔ آشو نے ہائی اسکول کیا تو پتا جی نے اس کی پڑھائی بند کرادی۔ وہ بہت روئی پیٹی لیکن انہوں نے صاف کہہ دیا۔

"تیری پڑھائی کے لئے میرے پاس فالتو پیسہ نہیں ہے"—

"رمیش کے لئے ہے؟"—اس نے بھی تڑخ کر کہہ دیا—

"وہ لڑکا ہے۔ اس سے ہمارے کُل کا نام چلے گا—تو بیاہ کر اپنے گھر چلی جائے گی۔ ہمیں کیا ملے گا—اوپر سے جہیز کا بوجھ"———

"میں یہ سب نہیں جانتی—میں آگے پڑھنا چاہتی ہوں"۔

وہ باپ کے سامنے سے ہٹ گئی۔ لیکن اپنے دل سے پڑھنے کی لگن کو نہ مٹا سکی۔ اس روز میں لان میں کھڑی مالی سے نئے پودے لگوا رہی تھی۔ کہ وہ گیٹ کھول کر اندر چلی آئی۔

"آؤ آشو— آج کیسے رشتہ بھول گئیں؟"

وہ پہلی بار ہمارے گھر آئی تھی اور میرے سامنے چپ چاپ نظریں جھکائے کھڑی تھی۔ شرمندہ—شرمندہ سی۔

"کیا بات ہے آشو؟"—مجھے تشویش ہوئی—

"دیدی—میں پڑھنا چاہتی ہوں۔ لیکن پتا جی، منع کر رہے ہیں"

"کیوں منع کر رہے ہیں۔ اتنی اچھی پوزیشن سے تو پاس ہوتی ہو"۔

"وہ بس رمیش کو پڑھوانا چاہتے ہیں۔ مجھے نہیں"———

وہ روہانسی ہوگئی—

"کیا میں تمہارے لئے کچھ کر سکتی ہوں؟"———

"آپ مجھے دو تین ٹیوشن دلوا دیں—میں اپنی پڑھائی کا خرچ خود اٹھاؤں گی—پتا جی سے ایک پیسہ نہیں لوں گی"—

"ٹھیک ہے میں دو ایک لوگوں سے بات کروں گی"—

وہ میرا شکریہ ادا کر کے چلی گئی تو میں دیر تک اس کے بارے میں سوچتی رہی—

عورت کی آزادی کا نعرہ بس تقریروں اور تحریروں تک محدود تھا۔ سچ تو یہ ہے کہ ہمارے سماج میں عورت اب بھی بے بس اور مجبور ہے ورنہ کیا وجہ ہے کہ آشو جیسی ذہین لڑکی کو گھر کی چہار دیواری میں محبوس رکھا جائے اور رمیش جیسے آوارہ مزاج لڑکے گرلز کالج کے سامنے ٹھاٹ سے ہیرو بنے دندناتے رہیں۔ رمیش ایک نمبر کا لوفر تھا پڑھتا وڑھتا خاک نہیں تھا۔ بہانے بہانے سے باپ سے پیسے اینٹھتا تھا اور مزے کرتا تھا۔ جی میں آیا کہ اس کے پتا جی کو اس کے سارے کرتوت بتا دوں۔ لیکن دوسروں کے ذاتی معاملات میں دخل دینا بھی مناسب نہیں تھا۔

آشو ٹیوشن کے پیسوں سے اپنی پڑھائی کر رہی تھی۔ میں بھی اس کی مدد کر کے خوش تھی۔ پھر ایک روز وہ میرے پاس آئی تو بہت اداس تھی۔ شاید کوئی نیا مسئلہ درپیش تھا۔

"اب کیا ہوا آشو؟ اس کی اتری ہوئی صورت کوئی نئی کہانی سنا رہی تھی—

"دیدی— پتا جی یہ گھر چھوڑ رہے ہیں۔"—

"کیوں؟"——

"کرایہ زیادہ ہے— رمیش کی پڑھائی کا خرچ بڑھ گیا ہے"

"ایک کلاس میں دوبار فیل ہوگا۔ تو خرچ بڑھے گا ہی"

"دیدی اگر وہاں بھی ٹیوشن مل گئے تو ٹھیک ہے۔ ورنہ—"

"ارے کچھ نہیں ہوگا پگلی۔ پڑھنے والے بچے تو ہر جگہ ہوتے ہیں۔" میں نے اسے تسلی دی— اور پھر اس کے مضامین کے بارے میں باتیں کرنے لگی— تاکہ اس کا حوصلہ نہ ٹوٹے۔

آشو گئی تو مہینوں مجھے اس کی خبر نہ مل سکی۔ انہیں دنوں ایک فنکشن میں نرمل سے کسی نے میرا تعارف کرایا اس کے بعد اکثر ہماری ملاقات ہونے لگی۔ نرمل اتنی تیزی سے میرے قریب آیا کہ میں بوکھلا گئی۔ وہ دوستی اور پیار میں سُست روی کا قائل نہیں تھا۔ نتیجہ ہماری شادی کی صورت میں سامنے آیا— اس کو اچھی طرح جاننے، سمجھنے اور پرکھنے کا موقع

ہی نہیں ملا۔ جب دن رات کے ساتھ میں اس کی کئی کمزوریاں سامنے آئیں تو بڑی کوفت ہوئی لیکن اب کیا ہو سکتا تھا؟۔ وہ اچھا کماتا تھا۔ لیکن اس سے زیادہ خرچ بھی کر دیتا تھا— خیر پیسوں کا تو کوئی مسئلہ نہیں تھا— میری آمدنی بھی اچھی تھی— بات اگر یہاں تک رہتی تو نباہ ہونا مشکل نہیں تھا— لیکن اس کی شراب نوشی کی لت روز بہ روز میرے لئے ناقابل برداشت ہوتی جارہی تھی۔ میں نے اسے سمجھانے کی کوشش کی— تو وہ روٹھ گیا۔ میں نے بھی بلانے یا منانے کی ضرورت نہیں سمجھی— وہ خود ہی لوٹ آیا۔ اور پھر ایسا کئی بار ہوا— مونی پیدا ہوئی تو نرمل بہت خوش ہوا۔ اس نے وعدہ کیا کہ وہ اپنی بیٹی کی خاطر شراب چھوڑ دے گا— لیکن یہ ساری احتیاط صرف گھر تک تھی— آدھی آدھی رات تک کلب میں بیٹھا پیتا رہتا— اور گھر آکر سو جاتا— میں مونی کو اس سے دور رکھتی تھی اس بات پر وہ مجھ سے خوب لڑتا تھا— گھر سے باہر اس کی کیا کیا مصروفیات تھیں مجھے اس کی کوئی پرواہ نہیں تھی۔ میں اپنے گھر کا ماحول صاف ستھرا رکھنا چاہتی تھی— شرابی باپ کے زیرِ سایہ پرورش پانے والی اولادیں نفسیاتی طور پر کئی الجھنوں اور برائیوں کا شکار ہو جاتی ہیں ایسے کئی کیس میرے سامنے تھے— جہاں بچے اپنے ماحول سے اکتا کر باہر پناہ لینے لگے اور خود بھی کئی، برائیوں — اور بری عادتوں کا شکار ہو گئے۔ پھر میں تو بیٹی کی ماں تھی۔ اور اپنی بیٹی کے لئے ایک آئیڈیل باپ کی تمنا کرنا فطری بات تھی—

ایک دن نرمل غصّے میں گھر چھوڑ کر چلا گیا تو لوٹ کر نہیں آیا۔ اور ایک روز عدالت کے ذریعہ مجھ سے طلاق کا مطالبہ کر دیا۔ میں نے اس حادثے کو بڑے حوصلے سے برداشت کیا۔ مجھے ڈر تھا کہ کہیں وہ مونی کو مجھ سے نہ چھین لے۔ لیکن اس نے ایسا نہیں کیا۔ دراصل وہ ایک ذمّے دار باپ تھا ہی نہیں۔ تو بیٹی کا مطالبہ کر کے اپنی آزادی کا گلا کیوں گھونٹتا۔

مونی کو میں نے زندگی کی ہر آسائش دی لیکن باپ کی کمی پوری کرنا میرے اختیار میں نہیں تھا۔ اس سارے قصّے میں میری غلطی ایک فیصد بھی نہیں تھی۔ پھر بھی میں اپنی بیٹی سے شرمندہ تھی— کبھی کبھی یہاں ناکردہ گناہ کی سزا بھی بھگتنا پڑتی ہے۔ سو میں وہ سزا بھگت رہی تھی۔ سماج کے ذریعے اٹھائے گئے سوالوں کا جواب تھا میرے پاس لیکن میں

جانتی تھی کہ میں فرداً فرداً سب کو مطمئن نہیں کرسکتی۔ اس لئے خاموش تھی — میری خاموشی ہی میرا جواب تھی—

نرمل کے بعد کئی لوگوں نے میرے قریب آنا چاہا۔ میں نے فاصلے اور بڑھا دیئے۔ شادی کی پیشکش بھی ہوئی لیکن یہ بھی مشروط تھی — مونی کا وجود کسی کو گوارا نہیں تھا۔ میں تو اپنی بچّی کے لئے ہی جی رہی تھی اس کی ادھوری زندگی کی تکمیل ہی میری زندگی کا واحد مقصد تھا۔

آشو نے جب ہندوستانی مرد کی وفا پر سوالیہ نشان لگایا تو میں چپ رہی۔ میں اس کی طرح بولڈ نہیں تھی — کم از کم وہ میری طرح مصلحتوں کی زنجیر میں جکڑی ہوئی کمزور عورت نہیں تھی — اس میں اتنا حوصلہ تھا کہ جو کچھ کرے برملا اس کا اظہار بھی کردے — اپنی غلطیوں کا اعتراف کرنا دراصل بڑی ہمّت کا کام ہے۔ وہ شادی بھی کرتی تھی تو 'جسٹ فار انجوائے منٹ' کہنے کی ہمّت بھی رکھتی تھی۔ اور میں اپنی شادی کو کوئی عنوان دینے سے قاصر تھی۔ ہم دونوں میں کتنا فرق تھا۔

مجھے دہلی ایک کانفرنس میں شرکت کے لئے جانا پڑا سیمینار میں مجھے بھی پیپر پڑھنا تھا۔ سارا پروگرام بخیر وخوبی انجام پایا۔ بیرونِ مُلک سے آنے والے مہمان ایک ایک کر کے رخصت ہو گئے۔ میں نے اپنی دوست ڈاکٹر ونیتا پنڈت کی دعوت پر دو دن اس کے ساتھ گزارنے کا پروگرام بنایا تھا — ونیتا کے بچوں کے لئے گفٹ خریدنے کناٹ پلیس گئی تو مختلف دوکانوں میں گھوم پھر کر سامان پیک کرایا۔ ونیتا کا ڈرائیور کار لئے میرا منتظر تھا۔ پارکنگ کی طرف جاتے ہوئے وہ مجھ سے ٹکرا گئی میں نے اسے سنبھالا نہ ہوتا تو یقیناً گر جاتی۔ اس نے اپنی مخمور آنکھیں کھول کر مجھے دیکھا۔ خمار کے باوجود پہچان کے رنگ چھپائے نہ چھپے۔

"آشو تم؟— مجھے حیرت کا شدید جھٹکا لگا۔"

"اوہ ڈاکٹر— آپ؟" — وہ بدقت مسکرائی اور ڈگمگائی تو میں نے اپنی گرفت مزید سخت کر دی۔ اس وقت جو آشو میرے سامنے تھی۔ وہ یکسر مختلف تھی — اس کا یہ روپ

دیکھ کر مجھے بڑی شرم آرہی تھی — آس پاس سے گزرنے والے بھی عجیب نظروں سے دیکھ رہے تھے۔ اس طرح سرِ راہ اس سے کچھ کہنا سننا مشکل لگ رہا تھا — اس کی مخمور آنکھیں۔ بہکی بہکی چال اور لہجے کی لگنت پکار۔ پکار کر کہہ رہی تھی کہ وہ نشے میں ہے۔ مجھے بہت دکھ ہوا۔ کیا یہ وہی آشو ہے؟۔ سادہ سا شلوار سوٹ پہننے والی۔ بڑے سے ڈوپٹے میں اپنا آپ سمیٹے — بالوں کی ایک چوٹی کیے — نظریں جھکائے۔ دبی دبی سی شرمیلی لڑکی — جو آشو اس وقت میرے سامنے؟ میری بانہوں میں تھی — وہ تو کوئی ماڈل گرل تھی — ترشے ہوئے الجھے بکھرے بال — میک اپ سے لتھڑا چہرہ — آنکھوں کے نیچے سیاہ حلقوں کا بسیرا — تنگ، سیاہ چمکیلی مڈی میں اس کی بانہیں عریاں تھیں۔ اور جسم کے نشیب وفراز نظریں جھکانے پر مجبور کر رہے تھے۔ مجھے وہاں کھڑا ہونا دوبھر لگ رہا تھا — میں آشو کو سہارا دیئے قریبی کیفے میں داخل ہوگئی۔ اسے اپنے سامنے بٹھا کر میں نے اس کے ہاتھ تھام لئے۔ سر سے پاؤں تک وہ اتنی مصنوعی لگ رہی تھی کہ اس کی اپنی شخصیت کھو سی گئی تھی۔ جیسے وہ۔ خود کو خود ہی سے چھپانے کے لئے یہ سارے جتن کرنے پر مجبور ہو — میں نے دل کا درد چھپا کر سوال کیا۔ ''آشو تم یہاں دہلی میں کیا کر رہی ہو۔؟''

''کچھ نہیں'' —

''ماں اور پتاجی کیسے ہیں؟''

ٹھیک ہیں — مگر بالکل ٹھیک بھی نہیں ہیں''۔

وہ شاید پھر بہک گئی تھی —

'' — اور تمہارا بھائی — کیا نام ہے اس کا — ؟'' —

میں نے یاد کرنا چاہا —

''وہ کُل کا چراغ — خاندان کا نام روشن کر رہا ہے۔ ڈاکٹر ان دنوں وہ جیل میں ہے۔ باہر آکر پھر وہی کرے گا۔ ہیروئن کی اسمگلنگ۔ گانجہ اور چرس کا بیوپار۔ پتا جی کا سپوت جس کے شاندار مستقبل کی آشا میں انہوں نے بیٹیوں کو قربان کر دیا۔ میری مثال آپ کے سامنے ہے''۔

وہ ہنستے ہنستے بے حال ہوگئی ـــــ پھر سسک اٹھی ـــ

میں نے اسے رونے دیا۔ اور جب وہ تھک گئی تو خود ہی چپ ہوگئی ـــ میں نے ٹشو سے اس کا چہرہ صاف کیا۔ بیرا کافی لے آیا تو کافی کا پیالہ اس کے سامنے رکھ دیا۔

''آشو! کافی پی لو۔ تمہاری طبیعت سنبھل جائے گی''۔

کافی کے چھوٹے چھوٹے گھونٹ لیتے ہوئے وہ کسی سوچ میں گم تھی ـــ میں نے بھی خاموشی اختیار کی ـــ درد سہتے سہتے ایک وقت ایسا بھی آتا ہے۔ جب انسان پتھر بن جاتا ہے ـــ لیکن یہی پتھر ایک ذرا سی ٹھیس سے ریزہ ریزہ ہو کر بکھر بھی جاتا ہے۔ آشو بھی بکھر رہی تھی۔ کسی اپنے کو دیکھ کر درد کچھ اور بڑھ جاتا ہے ـــ میں اس کی بہت اپنی نہ سہی ـــ لیکن اس کے ماضی کا ایک حصّہ ضرور تھی ـــ اس کی یادوں کی کتاب میں کہیں ایک آدھ ورق، سطر یا حرف میرے نام بھی ضرور معنون تھا۔ تب ہی تو وہ میرے سامنے ہنستے ہنستے رونے لگتی تھی ـــ اور پھر ہنسنے لگتی تھی ـــ اس کا پل پل بدلتا ہوا مزاج اس کی زندگی کے اتار چڑھاؤ کا غماز تھا۔ اور پھر وہ دھیرے دھیرے کھلتی گئی۔ آہستہ آہستہ ایک ایک ورق الٹتی رہی۔ کہانی ختم کر کے اس نے ٹھنڈی، سانس لی اور ایک دم اسے ہوش آ گیا۔ کہ وہ میرے سامنے بیٹھی ہے۔ وہ خجل ہوگئی۔

''مونی کیسی ہے؟'' ـــ

''اچھی ہے ـــ اس سال میٹرک پاس کیا ہے''۔

''اُف ـــ اتنا سمئے بیت گیا ـــ؟'' اسے حیرت ہوئی ـــ

''ہاں آشو! صدیاں لمحوں میں گزر جاتی ہیں'' ـــ

'' ـــ اور کبھی کبھی لمحے صدیوں پر محیط ہو جاتے ہیں'' وہ بڑے کرب سے مسکرائی ـــ میں کیا کہتی۔ صدیوں کا کرب تو میں نے بھی سہا تھا۔

''ڈاکٹر ـــ آپ کے پاس تو ہر مرض کا علاج ہے۔ اور پھر میرا مرض لاعلاج بھی نہیں ہوا ہے۔''

وہ اپنی بات پر خود ہی ہنس دی ـــ

''پگلی تم کو کیا ہوا ہے بس پینا چھوڑ دو—— سب ٹھیک ہو جائے گا—— نرمل بھی بہت پیتا تھا—— بہت سمجھایا بجھایا۔ لیکن نہیں مانا—— آخر کار ہمارے راستے الگ ہو گئے''۔

''جانتی ہوں ڈاکٹر! لیکن جب گھر پر ماں اور پتا جی کو دیکھتی ہوں۔ جیل جاکر رمیش سے ملتی ہوں۔ تو پھر اس کمبخت زہر کو پی کر سب کچھ بھولنے کی کوشش کرتی ہوں۔''

''لیکن یہ تمہاری الجھنوں کا حل تو نہیں ہے آشو—— اس طرح تم اپنی صحت ہی برباد کر رہی ہو——''

''اطمینان رکھئے—— میری زندگی میں کوئی نرمل نہیں ہے۔ جو اپنا راستہ الگ کرے گا۔ یہاں تو بس راستے ہی راستے ہیں۔ کبھی ایک دوسرے سے ملتے ہوئے۔ کبھی ایک دوسرے کو کاٹتے ہوئے—— اور ان راستوں کی کوئی منزل نہیں ہے ڈاکٹر''

''تم کیا کر رہی ہو—— میرا مطلب ہے کہ کوئی جاب وغیرہ؟''

''کھوٹا سکہ بھلا کیا کر سکتا ہے۔ کسی نہ کسی طرح چل رہا ہے۔'' کہہ کر وہ زور سے ہنس دی۔ اس کے لہجے کا درد محسوس کر کے میرا دل رو اٹھا——

''ڈاکٹر کسی روز گھر آیئے—— ماں اور پتا جی آپ سے مل کر بہت خوش ہوں گے۔ رمیش نے ان پر بڑے ظلم ڈھائے ہیں۔ ان کی آنکھوں سے سارے خواب نوچ کر انہیں اپاہج بنا دیا ہے۔ ماں کی آنکھوں میں موتیا بند اتر رہا ہے۔ ان کا آپریشن کرانا ہے۔ پتا جی نے کئی سال سے کھٹیا پکڑ رکھی ہے۔ فالج نے انہیں معذور بنا کر ایک کونے میں ڈال دیا ہے۔ ایک میں ہوں تو گھر۔ کچہری اور جیل کے چکر لگاتے لگاتے پاگل ہوئی جارہی ہوں''

''آشو دھیرج سے کام لو۔ میں کسی دن ماں اور پتا جی سے ملنے تمہارے گھر ضرور آؤں گی۔''

''پلیز ڈاکٹر—— آپ ان پر کچھ ظاہر نہ ہونے دیں—— نہ ہی میری اس حالت کا ذکر کریں—— وہ تو یہی جانتے ہیں کہ میں کسی فائیو اسٹار ہوٹل میں کام کرتی ہوں جہاں اکثر میری رات کی ڈیوٹی بھی ہوتی ہے۔ انہیں کیا معلوم کہ ان کی بیٹی۔ جو آپ کو اپنا آئیڈیل مانتی تھی۔ کچھ کرنا چاہتی تھی—— کچھ بننا چاہتی تھی—— سڑکوں کی دھول بن چکی ہے''۔

''آشو تم کوئی جاب کیوں نہیں کر لیتیں۔ آخر بی اے پاس ہو؟''—

''وہ بھی کر کے دیکھ چکی ہوں—''

اس نے مایوسی سے کہا۔

''پھر بھی آشو یہ کیا کم ہوگا کہ تم عزت کے چار پیسے گھر لاؤ گی''—

''عزت کے پیسے—؟''

وہ ہنس دی—

''ڈاکٹر کبھی ان مردوں کا دماغ کھول کر دیکھیں آپ کو اس کے اندر بجبجاتے ہوئے کیڑے نظر آئیں گے۔''

وہ کھڑی ہوگئی۔ مجھے اندازہ ہوا کہ وہ ابھی پوری طرح ہوش میں نہیں ہے۔ اس حالت میں اسے تنہا چھوڑنا ٹھیک نہیں۔

''آشو میرے ساتھ چلو میں تمہیں ڈراپ کر دوں گی''—

''تھینک یو ڈاکٹر!''

اس نے میرا ہاتھ تھام لیا۔

آشو کو اس کے گھر اتار کے میں نے سیٹ کی پشت سے سر ٹیک دیا۔

''اس دنیا میں سِکہ اس وقت تک چلتا ہے جب تک اس کی چمک دمک قائم رہتی ہے۔ آشو اپنا سکہ اس انداز میں کب تک چلا سکے گی پانچ سال— سات سال— پھر اس کے بعد کیا ہوگا—؟—

میرے ہونٹوں نے نہ جانے کب وہ نمکین ذائقہ چھو لیا۔ جو میری روح کو چیر کر ہونٹوں تک آ گیا تھا—

☆☆

منتخب یادگار افسانوں کا ایک اور مجموعہ

درد سے دوستی

مصنفہ : مسرور جہاں

بین الاقوامی ایڈیشن جلد منظر عام پر آرہا ہے